Voyage à
Lointainville

Sylvie Desrosiers

Voyage à Lointainville

la courte échelle

Les éditions de la courte échelle inc.
5243, boul. Saint-Laurent
Montréal (Québec) H2T 1S4

Illustration de la couverture :
Claire Bretécher

Photo de la couverture arrière :
Céline Lalonde

Conception graphique de la couverture :
Elastik

Conception graphique de l'intérieur :
Derome design inc.

Mise en pages :
Mardigrafe inc.

Révision :
Lise Duquette

Dépôt légal, 1er trimestre 2004
Bibliothèque nationale du Québec

La courte échelle reconnaît l'aide financière du gouvernement du Canada par
l'entremise du Programme d'aide au développement de l'industrie de l'édition pour ses
activités d'édition. La courte échelle est aussi inscrite au programme de subvention
globale du Conseil des Arts du Canada et reçoit l'appui du gouvernement du Québec
par l'intermédiaire de la SODEC.

La courte échelle bénéficie également du Programme de crédit d'impôt pour l'édition
de livres — Gestion SODEC — du gouvernement du Québec.

Données de catalogage avant publication (Canada)

Desrosiers, Sylvie

    Voyage à Lointainville

    (Roman ; 36)

    ISBN 2-89021-629-2

    I. Titre.

    PS8589.R393V69 2004   C843'.54   C2003-941889-8
    PS9589. R393V69 2004

We are such stuff as dreams are made on;
and our little life is rounded with a sleep.

SHAKESPEARE, *The Tempest*

La grande quête de ma vie ne fut ni celle du
bonheur, ni même celle de l'amour, mais celle
de la liberté. Ça, j'en suis certaine.

C'est parce que je rêve que j'existe.
Ça aussi, j'en suis persuadée.

C'est le courage de ne pas être aimée qui permet
d'écrire des livres. Enfin, d'écrire le mot « FIN ».
Ça aussi, je le crois.

Pour le reste, ça change tous les jours.

À Thomas, toujours.

Et à celui qui a toujours été là,
même quand je n'y étais pas.

Prologue

Dis-moi que tu ne m'aimes pas. Voilà ce que j'attends de toi. Que tu me libères du piège merveilleux. Dis-moi que tu ne m'aimes pas. Car je ne peux croire que tu puisses m'aimer. Confirme mes craintes les plus secrètes. Je n'existe que dans le fait de ne pas exister dans tes yeux, dans le regard de tous. Je n'existe que dans l'invisibilité. Là a toujours été ma place. Et jamais cela ne pourra être autrement.

L'aller

ou

On ne sait pas toujours où l'aviron

nous mène mène mène : Dieu merci !

FEMME, QUARANTAINE, encore jolie, tendre, autonome, cherche homme du même genre. Prière de ne pas appeler.

Chapitre un

Burn-out

— Si tu veux t'en débarrasser, tu lui dis que tu l'aimes. Tu vas le voir prendre la fuite à toutes jambes, garanti.

— Tu penses ?

— Mais oui ! S'il ne t'aime pas, il te parlera tout de suite de sa sacro-sainte liberté, de sa peur de l'amour, de ses blessures, pour s'organiser une sortie pas trop lâche. C'est classique.

— Tu es un peu dure.

— Non, je sais ce que je dis. J'ai utilisé le truc moi-même quelques fois.

— Et s'il m'aime ?

— Si tu poses la question, c'est parce qu'il ne te l'a jamais dit. Donc, il ne t'aime pas.

— Ce n'est jamais si simple. C'est engageant, dire à quelqu'un qu'on l'aime.

— Que ce soit devenu la chose la plus difficile à dire me désespère du genre humain ! Ça, c'est quand être aimé n'est pas une catastrophe mondiale ! C'est rendu que c'est quasiment héroïque d'aimer et d'être aimé. Pourtant, c'est si simple. Je t'aime, je ne t'aime pas, il n'y a pas douze mille trois cent cinquante-huit nuances entre les deux. Ce n'est jamais aussi compliqué qu'on le prétend.

— Mais il y a des gens qui disent « je t'aime » et qui mentent.

— Ça aussi, je l'ai fait.

— Et si je ne veux pas qu'il parte, mon amoureux ?

— Alors dis-lui que tu doutes de ton amour à toi, pour qu'il te sente lui glisser entre les doigts. Le moment où un homme aime le plus une femme, c'est quand il sent qu'il va la perdre.

— Dans ce cas-là, ce n'est pas de l'amour !

— En effet, c'est de l'amour-propre.

— Tu les penses vraiment incapables d'aimer ?

— Absolument.

— Mais toi, as-tu jamais vraiment aimé ?

— Oh oui ! À chaque fois.

— Sais-tu, je pense que tu as besoin de vacances.

— C'est ce que le docteur a dit. Mais je préférerais une autre vie.

— J'ai ici dans mon sac un revolver, une corde et des pilules. Qu'est-ce que tu choisis ?

— Honnêtement, j'aimerais mieux des Air Miles.

— Quand est-ce que tu pars exactement ?

— Demain matin.

Quand je prends un café avec Claudine, je la décourage avec ma vision désespérante et mon amère lucidité. Paradoxalement, ce que je préfère dans la vie, c'est l'illusion. Et puis, à quarante-cinq ans, je me suis dit que la sagesse était peut-être d'oublier toutes mes histoires d'amour. C'est le seul moyen de recommencer à neuf. Mais peut-on se faire sans mémoire ? J'en connais plein qui sont capables. Pourquoi pas moi ?

Je viens de perdre mon dernier amoureux. Pas eu besoin de lui dire je t'aime ou je ne t'aime pas. J'ai écrit à Claudine qu'il était un amant décevant. Quel rapport entre ce courriel et le fait de le perdre ? Non, Claudine n'est pas allée bavasser. J'ai tout simplement sélectionné le mauvais nom dans le carnet d'adresses de mon ordinateur et je lui ai envoyé ce courriel à lui. C'est le seul endroit où on peut vraiment blesser un homme. Peut-être une femme aussi. Car je ne connais qu'une seule phrase qui fasse plus mal que « je ne t'aime pas », c'est « je ne te désire pas ». À mon âge, ça arrive de plus en plus souvent, disons.

Bref, *out*, l'amoureux. On appelle cette erreur de courrier une intervention de l'inconscient. Je voulais qu'il sache que je lui mentais un peu, même si j'en étais amoureuse. Ou bien je n'étais pas amoureuse et je me mentais, et mon moi avide de vérité a tout fait sauter. Ou bien, c'est ma maladresse légendaire tout bonnement. Mon ordinateur fonctionne pas mal plus vite que mon cerveau et, clic, voilà, j'ai appuyé sur la souris, le message est parti dans l'espace Internet.

Auparavant, je faisais des gaffes en parlant avant de penser. Maintenant, je clique avant de penser. Signe des temps.

La découverte de l'inconscient a été pour moi un choc. Il y a des jours où je me demande si je n'étais pas mieux dans ma peau quand j'en ignorais l'existence. Aujourd'hui, je cherche constamment à interpréter le moindre geste, le moindre rêve, à évaluer le pourcentage de vérité dans les paroles d'un homme en face de moi. Non que je ne sois pas coupable moi-même de mensonges, loin de là.

Quand on a dit le mot « mensonge », on n'a rien dit encore. Car on entre dans un problème de taille, puisqu'il faut discerner parmi les mensonges lesquels sont essentiels, les blancs, les cruels, les malhonnêtes, les demi-vérités, les mensonges diplomatiques, les calculés, les spontanés, les gros, les inoffensifs, les très près de la vérité, les douloureux, les prévenants, les avoués, afin de pouvoir pardonner, accuser, condamner ou admirer.

Mais encore faut-il savoir à qui les mensonges ont été contés, à ses parents, ses frères, ses sœurs, ses amis, ses ennemis, sa femme, son mari, son chum, sa maîtresse, ses collègues, ses supérieurs ou, le plus souvent, à soi-même, pour en mesurer toute la portée.

Bref, l'inconscient. Je commence à connaître, étant donné que, comme la majorité de la masse informe, ou déformée devrais-je dire, des femmes de mon âge, je sors de ma troisième thérapie. Aucun problème de glande thyroïde, d'hypoglycémie, de diabète, de cholestérol, d'hormones, rien, parfaite santé, pas même une excuse valable aux yeux de tous, dépression qu'il a dit le gentil docteur auquel je n'aurais pas fait mal. J'ai donc enfilé les thérapies une derrière l'autre au lieu de commencer à me lever la nuit pour manger et, ma foi, ce fut une excellente façon de combler le manque d'homme et de cracher tout ce que j'avais sur le cœur à leur sujet. Ça coûte cher, mais ça fait du bien.

J'ai délibérément choisi une femme pour ne pas tomber en amour avec elle. Et, à force de mentir à ma psy, enfin, plutôt à force de m'arranger avec ma perception de moi et de me faire croire qu'elle était dupe de mon entreprise de charme, j'ai tout de même compris certaines choses. La première étant que j'essayais de la charmer, comme je le fais avec tout le monde. Ensuite, que je me lance à corps perdu dans des passions foudroyantes et qu'après, car il y a toujours une fin, je m'astreins à une longue période d'abstinence pour me punir d'avoir fait de la peine à un pauvre homme, ce qui crée à la longue un manque terrible, qui me fait me jeter avec passion dans les bras du premier homme ayant un tant soit peu d'allure qui se pointe.

En résumé, tout est de ma faute. Responsable de tout depuis les lustres en cristal hérités de ma grand-mère. On n'insistera pas sur le fait que des hommes qui ont de l'allure, il n'en passe pas si souvent, des disponibles encore moins, et qu'on n'a pas toujours le luxe de choisir inconsciemment.

Non, attendez : il me semble aussi avoir pris conscience que je suis une victime, qu'on ne m'a pas écoutée quand j'étais petite, que j'ai dû me taire pour plaire, que je suis une mésadaptée affective à qui on doit respect à cause de sa souffrance, que sous des dehors agressifs, blessés, hargneux, hautains et méprisants, je suis une personne extraordinaire, c'est sûr.

75 $ par semaine.

Ce qui est bien avec cette rupture-ci, c'est que je ne l'ai pas décidée, que je l'ai faite inconsciemment, ce qui m'a évité les explications et les blabla : ça, je n'en peux plus, point. Je ne veux plus donner d'explications. Je viens d'ailleurs d'entrer dans ma période « petit pois ». Mon cerveau vient de rétrécir au minimum, je ne sais plus rien, je ne comprends plus rien. Le bonheur. Ou la lâcheté. Peu importe, le résultat est le même : avec Chose, je n'ai presque pas eu de peine.

La peine, aujourd'hui, j'en fais ce que je veux. Je lui donne exactement quarante-huit heures pour exister, pas plus. La peine, il faut la mettre à sa main, sinon elle vous ruine l'existence. Ça m'a pris du temps à comprendre, à regarder la peine comme quelque chose qui a sa vie propre. C'est peut-être pour ça que je n'ai plus peur d'aimer.

Mais bien sûr, tout ça, c'est de la *bullshit* d'écrivain. La réalité, c'est que j'ai la chienne comme tout le monde, je ne sais même pas de quoi. La chienne d'aimer ou de ne pas aimer, la chienne de passer à côté de ce qui est vraiment important, la chienne de passer à côté de l'homme de ma vie sans le voir, la chienne de mal aimer mon enfant.

Mais je n'ai pas la chienne de passer à côté de ma vie. Ça, je suis dedans, mets-en. Jusqu'aux yeux, jusqu'à la racine de mes cheveux blancs teints en brun chatoyant. Justement, j'ai rendez-vous avec Katou pour ma couleur. La vieille dame que je suis ne peut pas se présenter au salon du livre de la ville de Lointainville avec une repousse.

Je saute demain dans ma voiture pour faire les neuf cents kilomètres de route. J'adore conduire, même l'hiver. J'adore faire de la route, dans n'importe quel moyen de transport. C'est le seul moment où je suis bien. Entre deux destinations. Comme si je ne voulais jamais me rendre nulle part.

Nous sommes en février. Le thème du Salon : l'amour. Ça va être colon vrai. L'amour heureux, ça donne des romans quétaines. La littérature fait plutôt dans la souffrance et les tourments. Bof ! Peu importe. Car je n'écrirai plus. L'écrivain que je suis depuis vingt ans tire sa révérence. J'ai décidé de laisser mon côté bassement matérialiste prendre le dessus et j'entre bientôt au service d'une maison de production de télévision.

J'accroche mon crayon. Je n'écrirai plus, pas même mon journal que j'ai pourtant toujours tenu, surtout en voyage. Plus envie de consigner ce qui ne se dit pas, ce qui se pense à peine.

Madame l'écrivain ne se fera donc plus chier à écouter les autres lui donner des conseils d'écriture, lui suggérer des coupures ou des réécritures. Elle va prendre ce rôle, en essayant de ne pas être trop dure.

Et puis, tant qu'à vivre dans le mensonge — écrire, c'est mentir —, aussi bien que ce soit payant. Elle, c'est moi, Léa.

* * *

— Tu es sûr que ça va aller, mon amour ?

— Mais oui, maman.

— C'est juste cinq jours, tu sais, ce ne sera pas si long que ça.

— Je suis très content de les passer avec papa. Je te dis, je ne vais pas m'ennuyer, pas une seconde.

Des fois, mon fils me tue avec sa franchise. Non, il ne s'ennuiera pas, mon garçon de neuf ans beau comme un cœur, ce n'est pas que moi, mais aussi les maîtresses d'école et les éducatrices et tout le monde, qui le dit. D'ailleurs, ça me fait peur. Depuis qu'il est né, je vois des pédophiles partout ! Enfin.

J'ai évidemment le petit pincement au cœur de la mère qui se dit « je ne serais pas là, ça ne changerait rien à sa vie, faut croire », mais j'ai la tranquillité d'esprit de savoir qu'il est bien et heureux en dehors de moi.

Avoir un fils de cet âge, à mon âge, me condamne à la solitude. Tous les hommes que je rencontre sont pratiquement déjà grands-pères ! Alors, la petite sortie de famille en vélo le samedi, très peu pour eux. Sauf que sa présence, au contraire, me protège de la solitude extrême.

Luc et moi, on vient ensemble, un *package*, deux pour le prix d'un. Je ne vais certainement pas me diviser en deux, vivre en pleine schizophrénie entre mon fils et un homme jaloux. Il y en a plus d'un qui m'a tenu le discours : « Tu t'occupes trop de ton enfant, il manque d'air, il faut l'aider à être autonome. » Traduction : « Tu ne t'occupes pas assez de moi. »

Luc, mon fils, est celui qui me garde en vie. Bête de même. Celui pour qui je fais tout, à commencer par des projets.

Ça sonne.

— C'est papa !

Luc se précipite à la porte. J'essaie très fort d'oublier qu'il ne se précipite pas quand j'arrive. Oui, quand même, des fois. Mais, évidemment, je ne me souviens que des moments où il ne le fait pas. L'âme humaine est ainsi faite qu'elle préfère ce qui la blesse à ce qui la rend heureuse. Voilà mon Ex, dans toute sa splendeur d'homme amoureux — pas de moi, bien sûr —, qui entre en négligeant d'enlever ses bottes et en laissant de grosses traces noires sur les carreaux blancs de la cuisine. Plus jamais une cuisine avec un plancher blanc !

— Hé ! Ho ! Tes bottes ! Fais-tu ça chez ta blonde ?

— Jamais ! Elle me tuerait. Dépêche-toi, Luc. Suzie nous attend pour dîner.

Suzie ! Comment est-ce qu'on peut aimer une femme qui s'appelle Suzie ? Ça fait tellement petite fille que, ma foi, c'est presque illégal.

— C'était ça, mon problème, avec toi, je ne te faisais pas peur.

— Tu sais comment on est, nous, les hommes, on aime ça être dominés.

Hélas ! Oui.

— Est-ce qu'il va vraiment falloir que je m'achète un fouet ? Je me vois mal en bas résille et talons hauts avec un nœud papillon pour faire *classy*.

— Maman ! Je ne trouve pas ma ceinture noire !

— Derrière la porte de ta chambre !

Mon Ex me regarde avec ses petits yeux bleus vifs. Magnifiques, ces yeux-là. Il éclate de rire. Pour moi, il m'imagine trônant en plein fantasme fétichiste. Oui, bon, j'ai ramolli, mais il est un peu insultant. Ce n'est rien comparé aux commentaires de mon fils quand il m'a vue me déshabiller, il y a déjà cinq ans :

— Maman, habillée, tu es tellement belle ! Toute nue, par exemple, tu es moyen belle.

Venant d'un garçon en plein dans son œdipe, ça m'a tuée raide. Je ne m'en suis jamais remise.

— Suzie et moi, on parlait de toi ce matin, commence mon Ex que j'ai tant aimé.

— Ah oui ? Pas sûre que ça m'intéresse.

— Maman ! Je ne trouve pas mon porte-clés laser !

— À côté de la boîte de kleenex, dans la salle de bain !

— On se disait que ce dont tu as besoin, c'est d'un vieux docteur qui prendrait soin de toi, qui aurait de l'argent, qui serait très accaparé par son travail.

— Quand tu dis « vieux », là, peux-tu mettre un chiffre ?

— À ton âge, tu ne peux pas vraiment espérer quelqu'un en bas de soixante-cinq, soixante-six…

— Pardon ? Tu me niaises, là ?

— N… Non…

25

— Tu veux dire que si tu me rencontrais, maintenant, tu ne me regarderais même pas ?

— Je ne parle pas de moi, je parle des autres. Tu sais comment on est faits, nous, les hommes, plus on vieillit, plus on les aime jeunes. Moi, c'est pas vraiment ça. C'est un hasard si Suzie a dix ans de moins.

Bien sûr. Le pire, c'est que je n'arrive même pas à le détester.

— Justement, non, dis-je.

— Non quoi ?

— Je crois que je ne sais plus comment c'est fait, un homme. Dis-moi donc, c'est quoi un homme ?

— Attends, là… Bonne question… Luc ! Dépêche !… Oui… Un homme. Vite comme ça, je te répondrais qu'un homme, c'est quelqu'un qui plie.

Des pas qui descendent l'escalier en vitesse.

— O.K. Je suis prêt !

Je l'inspecte.

— As-tu tes mitaines ? Ton cache-cou ? N'oublie pas ta salopette de neige, je sais qu'il y a un redoux depuis deux jours, mais on est quand même en février. Ton sac à dos ? Ta boîte à lunch ? (À mon Ex) Tiens, son thermos, j'espère que tu vas lui faire des repas chauds et pas juste des sandwichs, puis, s'il te plaît, regarde la date sur les yogourts ! Ça fait deux fois que tu lui mets des yogourts périmés dans son lunch !

— C'est pas grave, maman, je les mange pas de toute façon.

— Bon, on y va.

Je serre mon fils qui se laisse faire, contre mon cœur, car il m'aime bien, je le sais, parfois.

— Bonne semaine, fais tes devoirs comme il faut. Et mets tes mitaines, dehors !

— Oui, maman.

— Léa, je suis là ! Je suis son père et je suis capable de m'en occuper.

Je passe outre, ce n'est pas le temps de se chicaner. De lui dire que je le trouve incapable, inapte, dangereux même, en gardant pour moi le fait que je ne veux pas qu'il soit compétent.

— Je t'aime, Luc.

— Moi aussi, maman. Reviens vite.

— Sois prudente sur la route, Léa. Moi aussi, je veux que tu reviennes.

— Tu es gentil.

— Ça fait au moins deux personnes.

Me semblait bien que le pot suivrait.

* * *

Journal désormais rangé de Léa :

Partir pour Terreville. Combien de fois encore ? Le temps d'une vie qui repart à zéro chaque saison, chaque mois, chaque jour, le temps de prendre sempiternellement conscience qu'elle vaut la peine, qu'elle a tant à offrir, le temps de se le répéter encore et de s'en convaincre, et de continuer d'aller tout simplement, aller de l'avant, n'importe où, courir, fuir, non ce n'est pas de la fuite, c'est juste que je ne peux prendre mon propre pouls que lorsque le cœur bat à tout rompre. Alors me rassurer, constater que je suis vivante.

À quarante-cinq ans, on n'aime plus pour se faire, comme à vingt. On aime parce qu'on est plein d'amour, parce que ça jaillit de partout, ça prolifère, ça se multiplie et ça n'en finit plus de s'étendre, de s'épandre sur nos enfants qui n'en peuvent plus, sur les hommes qui se sauvent de cette coulée de délicieuse lave. Mettre une sourdine sur son cœur comme sur un violon et oublier que la seule manière de se guérir de l'amour, c'est de plonger dedans.

* * *

La journée est particulièrement douce. Elle donne l'envie du voyage, de sortir prendre l'air sans qu'il agresse les narines, les joues et tout ce qui n'est pas emmitouflé. La chaussée est sèche, la neige fond de chaque côté de la route, des taches brunes d'herbe morte apparaissent. Au loin, les montagnes solitaires de ce coin de pays se dressent, basses, plates, lourdes et couvertes des pommes pourries qu'on n'a pas ramassées à l'automne.

J'ai pris le chemin des écoliers. Expression encore très juste quand je pense au chemin qu'emprunte mon écolier à moi, chaque matin, dans son autobus scolaire qui fait mille arrêts, dans toutes les petites rues du voisinage, pour embarquer les enfants que les parents égoïstes ne vont pas conduire à l'école parce qu'ils ont l'idée terriblement nocive pour les enfants d'aller travailler.

Tiens, un casse-croûte ouvert. Allons voir si la frite est encore frite et le fleuve encore fleuve.

— Et pour vous ce sera ?

— Une frite. Avec un café, s'il vous plaît.

J'aime beaucoup m'asseoir au comptoir de ces casse-croûte, ici, sur un tabouret de métal recouvert de cuirette rouge. Ici, ça se nomme Ti-Mé. Et Ti-Mé est à cette minute Ti-Mé-e. Ti-Mette ou Ti-Mine, une femme sans âge, sans rien de particulier, la bedaine de la cinquantaine. Elle prépare ma commande en écoutant une tribune téléphonique où il est question de la peine de mort pour les contrevenants d'âge mineur.

— Tant qu'à moi, je les fusillerais tous. Du ketchup?

— Non, merci.

Il y a des gens qui ne font ni dans la nuance ni dans la tolérance. Elle, là, Ti-Minou devant moi, rien ne laisse supposer que sommeille en elle une vraie louve des SS. Elle ne doit pas le soupçonner elle-même et doit se croire hypersensible, car elle passe assurément une boîte de kleenex en regardant un documentaire du *National Geographic* tourné dans le parc du Serengeti sur les lionceaux. Ou un autre sur la remontée des saumons vers leurs sites de frai.

Le café est comme de l'eau, mais la tasse me réchauffe les mains. La chaleur va de l'extrémité des doigts jusqu'en dedans de moi où j'ai décidé de ne plus jamais aller. La vue d'ici est assez phénoménale : une grande baie vitrée s'ouvre sur une rivière aussi large qu'un fleuve. Juste à cette hauteur, il y a un pont de glace que les voitures peuvent emprunter pendant un ou deux mois, selon la rigueur de l'hiver.

— Je pense qu'on devrait castrer tous les récidivistes. Pas d'hormones, pas de violence. C'est pas compliqué. M'a leur dire quoi faire, moi. Pis m'a leur coûter moins cher qu'un comité d'ci et d'ça. Un dessert?

— Oh non!!!

— Je demande ça à tout le monde, excusez-moi. Diabète?

— Regardez, là-bas!

Elle s'est jetée sur le téléphone, a composé le 9-1-1.

La voiture venait juste de s'engager sur le pont quand elle s'est mise à déraper. Je l'ai vue glisser, faire des zigzags, une vraie perte de contrôle, puis elle a dévié, s'est retrouvée sur la rivière. La glace a cédé et la voiture a commencé à s'enfoncer dans l'eau, lentement, une éternité, emportant avec elle la personne au volant qui n'a pas pu sortir, j'imagine, à cause de la pression de l'eau ? Parce qu'elle était en panique ? Parce que les vitres électriques ne fonctionnent pas quand le courant est coupé ? Je ne veux pas de vitres électriques sur mon auto !

— C'est tout ce que j'ai vu, monsieur l'agent. Rien de plus.

— O.K. Vous pouvez partir. On a vos coordonnées, si jamais on a besoin de vous.

C'est horrible d'assister à la mort de quelqu'un sans pouvoir rien y faire. Trop loin pour voir son visage, je ne sais pas s'il s'agit d'un homme ou d'une femme. J'ai souvent imaginé ce genre de mort, noyade, la pire de toutes, dans ces cauchemars où je me noie, et je m'éveille, suffoquant, en proie à une véritable crise d'angoisse, crise de peur devant la tâche d'assumer ma vie et celle de mon fils, noyée dans cette mer agitée d'où on émerge à la dernière seconde, une naissance sans cesse renouvelée.

Je pense au hasard et au *timing*. Pourquoi cette personne s'est-elle retrouvée sur ce pont, à cet instant, pourquoi a-t-elle glissé — probablement à cause du temps doux, il devait y avoir de l'eau sous les roues —, pourquoi a-t-elle eu l'imprudence ou l'inconscience de s'y engager ? Peut-être pensait-elle à autre chose, avec bonheur à son nouvel amour, avec souci à son travail, avec tristesse à sa solitude, ou à rien du tout. Peut-être était-elle en train de compter pour faire le vide, c'est ce que je fais, moi, quand je ne veux penser à rien, je compte, pas même des moutons, je compte des chiffres. Et puis, sans réponse à toutes ces questions, j'ai pensé à la route que j'avais à faire. Ma vie à moi continue.

— C'est tout ce que j'ai vu, monsieur le policier.

Je n'avais pas remarqué, mais c'est très très humide dans mon auto. C'est ça, les redoux. Je vais mettre le chauffage au max.

Quand on vient de voir une personne mourir, on ralentit, c'est fatal. On le fait quand on croise un tout petit accident. Alors maintenant... Je vais avoir des fous collés au derrière, et je vais finir par me tasser dans une entrée pour les laisser passer avant de subir un cas extrême de rage au volant. On ne sait jamais ce que ça peut avoir comme effet, une descente de testostérone dans le pied.

Coudonc, ça ne chauffe pas, cette auto-là. C'est...!!!!

O.K. Léa. Pas de panique. Du sang-froid. Il y a un homme assis sur la banquette arrière de ton auto. Il est dégoulinant, il a un bleu dans le front et il tremble. Un cas de drogue, certain. Tu vas ralentir et t'arrêter, l'air de rien. Ne pas le brusquer, il ne sait pas que tu l'as vu. Pourquoi ne dit-il rien? Contrôle, Léa, contrôle. Sauf que tu as un zouf mouillé avec des frisettes qui dégouttent dans ton auto. Attends d'être arrêtée pour crier, si tu peux.

— Bonjour.

— Seigneur!

Je freine d'un coup sec.

— Faut pas avoir peur.

— Ben non, pourquoi j'aurais peur? Est-ce que j'ai une seule bonne raison d'avoir peur? Han? Qu'est-ce que vous voulez? Mon portefeuille est dans mon sac juste à côté de vous. Prenez-le et allez-vous-en.

— J'aimerais mieux un coton ouaté. Avec capuchon. Gap si possible, mais je suppose que c'est trop demander ?

— Gap ! Il veut du Gap ! Prends ma carte de crédit, puis va t'en acheter, du Gap !

Bien pensé. Le temps qu'il y aille, je la fais annuler. Sauf qu'il ne s'en va pas, il reste là. Si ce n'est pas un voleur, c'est quoi ? Oh, *my* ! Un fou ! Un psychopathe ! Il va me tuer, je le sens. Prends tes jambes à ton cou et cours chercher de l'aide à la première maison.

Mais si je tombe sur un maniaque justement à la maison où je sonne ? *Yes !* La police ! Sors !

Je suis sortie, j'ai fait de grands signes à l'auto de la SQ, qui s'est arrêtée tout de suite. L'autre tout trempe n'a pas bougé d'un poil. Il sait pourtant qu'ils vont l'embarquer. Pour moi, c'est un sans-abri qui veut coucher en dedans.

— Écoutez, il y a un individu complètement fêlé qui s'est caché dans ma voiture pendant que j'étais au casse-croûte.

— Ne pleurez pas, madame, vous êtes en sécurité maintenant.

D'abord, je ne pleure pas. Mais quand même ! Je viens d'échapper à une mort sordide, alors j'aurais le droit de pleurer il me semble.

— Il n'y a personne, madame.

— Quoi ? Il en a profité pour se sauver. Avec mon portefeuille, je gage. Venez avec moi.

L'écœurant. *Nowhere to be seen.*

— Mais c'est parce que…

Le policier ouvre la portière, inspecte l'intérieur de la voiture.

— Vous voyez, il n'y a personne.

— Vous êtes certain ?

— Regardez vous-même.

C'est que le gars est encore là. Il n'a pas bougé, il est sur le siège arrière et il me sourit. Il s'est même enroulé dans la couverture de fourrure de mon fils.

— Vérifiez votre sac, s'il vous plaît. Votre porte-feuille est toujours là ? Oui ! Bon, je pense que vous pouvez repartir en paix, madame. Donnez-moi une description.

— Brun, cheveux bouclés, environ quarante-cinq ans...

— Cinquante ! J'ai les cheveux teints, lance l'autre, gonflé à la fois d'orgueil et d'eau.

— ... a l'air de quarante-cinq.

— Signes distinctifs ?

— Il est... mouillé.

— Mouillé...

— Oui, mouillé.

Le policier commence à me trouver bizarre. Moi aussi, d'ailleurs. Je vois un homme qu'il ne voit pas. Je le savais qu'à force d'écrire ça arriverait, que je me mettrais à voir du monde qui n'existe pas, sauf dans ma tête. J'ai bien fait d'arrêter, je dois être en plein se-vrage.

— Ça va, madame ?

— Oui, oui.

Le policier ouvre galamment la portière, je m'installe au volant, il referme, retourne à sa voiture.

— Où va-t-on ? me demande la chose assise derrière.

— Comment ça, où va-t-on ? T'es qui, d'abord ?

— Écoutez, moi, tout ce que je sais, c'est qu'il y a environ trente minutes, j'étais en train de me noyer après que ma voiture a quitté le pont de glace. Puis je me retrouve ici dieu sait comment, et le policier ne me voit pas. Pour moi, je suis mort et je ne le sais pas encore.

Le policier passe à côté de moi, m'envoie un petit signe de la main. Sur ma banquette arrière, un noyé dégage tellement d'humidité que les vitres sont déjà couvertes de buée, un noyé qui renifle, éternue et claque des dents. Question : est-ce qu'un mort peut attraper une pneumonie? Mais est-ce bien un mort? Oh, oh, je sens la crise d'angoisse, les tremblements, les spasmes et les coups de sang qui vont me faire mourir d'une implosion.

— Ce n'est sûrement pas l'enfer, il ferait pas mal plus chaud. Le paradis? Je ne l'ai jamais franchement imaginé dans une auto rouillée. Ça doit être le purgatoire. J'espère qu'on n'en a pas pour deux, trois cents ans !

J'ai dans mon auto une hallucination qui fait de l'humour pas drôle. D'abord, où ça, de la rouille?

Pas de doute. Je fais un cristi de gros *burn-out*.

Chapitre deux

Je suis votre pire cauchemar

Y a-t-il pire cauchemar qu'un homme collé à vous vingt-quatre heures sur vingt-quatre ? J'ai toujours dit que l'homme idéal est celui qui n'est pas là, celui dont on peut dire « j'ai hâte qu'il revienne » au lieu de « j'ai hâte qu'il parte ». Je parle tout de même un peu moins fort depuis que j'ai passé quarante ans.

Je regarde Claudine, beaucoup plus jeune, et je suis jalouse. Elle ne le sait pas, mais c'est un homme, Claudine, un conquérant qui exulte dans la conquête, qui n'est entièrement heureuse que dans les préliminaires, une passionnée en quête de l'amour absolu, une amoureuse au charme souverain qui, depuis qu'elle s'est fait refaire le nez, les fait craquer tous, de ceux qui pourraient être son fils à ceux qui pourraient être son père. Et puis, je dois me l'avouer, même si c'est avec une douleur proche de l'extraction à froid d'une dent de sagesse pas poussée, je n'ai pas son charme. À force de me le faire dire par mon fils et mon Ex, j'ai fini par admettre que je vieillissais.

Chaque fois que Claudine commence une histoire d'amour, elle espère, elle croit que ça va marcher. Alors que moi, je pense déjà à l'après.

Pendant un moment, j'ai fait semblant de rien. J'ai fixé la route devant moi en me répétant cent fois : « Il n'y a personne sur le siège arrière, il n'y a personne sur le siège arrière. » J'ai eu envie de fermer les yeux mais, en conduisant, c'est un peu difficile. J'ai pris de grandes respirations, je me suis calmée et je me suis persuadée que j'avais enfin repris mes sens. Là, j'ai regardé dans le rétroviseur.

Il était encore là.

Seigneur !

Je ne me suis pas laissé faire, que non ! J'ai traîné mon mort-vivant sur le lieu de l'accident. Plus personne. J'ai voulu prendre des renseignements au poste de police. Comme je n'étais pas de la famille, ils n'ont rien voulu me dire. Tout le temps, l'autre était là et personne ne le voyait.

Il me suit, trop proche, il envahit mon espace vital et ça me stresse. J'ai fini par me dire que l'accident avait causé chez moi un traumatisme et que j'avais traversé la mince frontière qui nous sépare de la vraie belle grosse maladie mentale.

Mais je suis professionnelle, moi. Je suis attendue. Et il n'y a pas un cadavre parlant qui va m'empêcher de remplir mes obligations. D'autant plus que ma psy est en vacances. J'ai donc repris la route vers le salon du livre de Lointainville et vers l'amour qui m'attend, sous forme de discussion seulement, bien sûr.

Mon noyé en arrière n'est pas trop jasant. Il a voulu venir s'asseoir à côté de moi, un peu tanné de parler à ma queue de cheval, et pour se rapprocher des bouches d'air chaud, mais j'ai arrêté ça tout de suite. Quand je regarde en avant et que je me concentre sur la route, au moins, je ne le vois pas. Je me fais tranquillement à l'idée de m'être inventé, comme un petit enfant, un ami imaginaire, quoique ami, c'est vite dit. Mais de là à lui parler, ça non! Déjà qu'il joue le *backseat driver*... « Attention au camion, à la glace noire, tu vas un peu vite. » Ce n'est quand même pas moi qui viens de me jeter en bas d'un pont! De quoi il a peur, vous voulez bien me dire? Il est déjà mort! Alors.

En plus, il n'aime pas ma musique.

Suis-je en train de rouler avec une construction de mon esprit qui ne serait ni plus ni moins que ma conscience? Moi, telle que je me perçois? Ça, ce serait un dur coup pour mon estime personnelle. La conscience sent-elle le petit poisson des chenaux?

Bon. On roule, on roule et c'est bien tout ça. Mais. Ça fait une heure qu'il n'a pas ouvert la bouche. Ce n'est pas parce que je ne veux pas lui parler que je ne suis pas disposée à l'écouter. C'est plate un peu quelqu'un dans ton auto qui fait juste regarder dehors. Impoli, je dirais.

— Veux-tu que je conduise?

C'est sûr! Je vais passer le volant à une personne récemment décédée.

— Non.

— Veux-tu que je te dise mon nom?

— C'est vrai! Je ne te l'ai pas demandé.

— Tu l'as demandé aux policiers. Mais pas à moi.

Oh *boy*! Susceptible en plus.

— O.K. C'est quoi ton nom?

— Je ne m'en souviens pas.

— Me niaises-tu, là?

— Juré que non. Donne-moi un nom.

— Pardon ?

— S'il te plaît !

— Honnêtement, j'aurais cru qu'il faudrait que je te donne l'extrême-onction, pas un baptême.

— Est-ce que tu trouves que j'ai une tête de Roger ? De Claude ? De Jean-Pierre ? De Jean-Sébastien-Philippe-Emmanuel ?

— Pour l'instant, tu as une tête de chien battu. Et tu me suis comme mon ombre. Qu'est-ce que tu penses de Fidèle ? Ça fait la synthèse.

— Pourquoi pas ? Ça me rappellera mes années d'extrême gauche.

— …

— Fidel. Castro.

— Enfin ! Des souvenirs ! Tu n'es certainement pas ma conscience. Je n'ai jamais fait partie des groupes d'extrême gauche.

— Ta conscience ? Jamais ! Je ne vois pas comment je pourrais venir de ta tête. Ni quel serait l'intérêt.

— Ça… Si tu entrais dedans juste une heure, je te jure que tu ne t'ennuierais pas. Comme ça, tu as été dans des groupes d'extrême gauche ?

Ce n'est pas que ça m'intéresse tellement. Mais j'ai un fil, là. Je me souviens, il y a très longtemps déjà, mon meilleur ami était militant et engagé. Il rêvait du jour de la révolution et de la libération de la masse ouvrière, ne se possédait plus à l'idée de prendre le pouvoir et de m'envoyer sur la ligne des premiers fusillés pour cause de révisionnisme. Cela jetait toujours un doute dans ma tête sur les méthodes employées pour changer le monde et sur la solidité de notre amitié.

— Nous avions des rêves, des aspirations louables. Il y a eu des erreurs, des illusions. Mais qui n'a pas voulu un jour changer le monde, qui ne s'est pas élevé contre les injustices n'a rien fait de sa vie.

Touché. Je perds mon temps à disserter sur l'amour-toujours, alors que je pourrais me rendre utile quelque part sur la planète où les gens souffrent, à commencer par à côté de chez moi. Qu'est-ce que je fais pour la suite du monde? Et qu'est-ce que j'en sais, du monde? Je n'écoute même pas les nouvelles!

Hé là! Tu ne vas pas te mettre à ruminer tes craintes, tes erreurs, tes manquements. Petit pois, j'ai dit. Sais rien, comprends rien, regrette rien. C'est sûr, comme ça je n'ai pas l'air très intelligente.

— Allo!

— Oh. Excuse, j'étais dans la lune.

— Où?

— Je me disais que j'étais dans une période où je n'ai pas l'air intelligente. C'est parfait, ça fait moins peur aux hommes, non?

— De toute façon, ce n'est jamais ça qu'ils regardent.

J'ai éclaté de rire. Je me promène avec un cadavre humoriste.

— Léa…

Ça fait étrange d'entendre son nom prononcé par une voix qui n'existe pas.

— Oui?

— Tu ne m'as toujours pas dit où on s'en va.

— Exactement à cent kilomètres au sud du cercle polaire. Attache ta tuque.

— Pourquoi ne pas avoir pris l'avion?

— Pour avoir le plaisir de faire le voyage avec toi, j'imagine.

— Ce n'est vraiment pas prudent de partir toute seule l'hiver et de traverser des régions où il n'y a que de la forêt. Une chance que je suis là. On ne sait jamais.

Bon! Je me suis créé un ange gardien, maintenant! Moi, l'athée convaincue! Si au moins j'avais créé l'homme de mes rêves! Quoique je le regarde et je me dis que, sec, il serait peut-être pas si pire. Je me demande si ce serait possible de faire l'amour avec un homme imaginaire... En tout cas, ça réglerait la question des maladies.

— J'ai envie!

— Ah non, par exemple! On ne va pas pousser le délire jusque-là, quand même!

— Tu n'as pas vu toute l'eau que j'ai bue en me noyant, toi!

Seigneur!

— Ça ne peut pas attendre qu'on trouve un restaurant? Je m'arrêterais pour un café.

— Non.

— Il y a douze pieds de neige! Tu ne pourras pas aller dans le bois!

— Je vais faire pipi à côté de l'auto.

— Ben là!

— Écoute, personne ne me voit!

— Y a ça...

Je m'arrête. J'en profite pour sortir prendre une bouffée d'air. S'il y a eu un moment dans ma vie où j'en ai eu besoin, c'est bien maintenant. Si je fumais, je m'allumerais une couple de cigarettes. « Emmenez-en d'la pitoune, du sapin pis d'l'épinette... », un paysage de Gilles Vigneault. Rien que du sapinage tout autour. Et de la neige. Je rêve de pôle Nord, de grandes étendues blanches, du pays où pas moins de quarante mots décrivent la neige. Je rêve de solitude, de paix, de vent. J'aime le froid, j'aime l'hiver et... oups, le portable sonne.

— Allo !

— Léa, c'est Claudine. Tu es rendue où ?

— Sur la planète Mars.

— Niaise pas. Je t'appelle pour te dire qu'on annonce une tempête dans la région. Tu es mieux de te grouiller si tu ne veux pas être prise dedans. Je t'avais dit de partir en avion aussi. Tu ne m'écoutes jamais...

— J'en ai encore pour deux, trois heures, certain.

— Arrête en chemin. Je vais appeler les responsables du Salon pour les avertir. Tu es où exactement ?

— En plein milieu du parc national Complètement écarté.

— *Gosh !* Dépêche. Tu m'appelles dès que tu es rendue quelque part. Puis je te rejoins en fin de semaine. Je ne veux pas que tu reviennes toute seule !

— Mais je ne suis pas toute s... Oui, bon. À vrai dire, je pense que c'est une très bonne idée.

— Ah non ! Ma pile est morte ! Je te rappelle. Sois prudente.

Et si ce téléphone aussi était imaginaire ? Bon. Je suis mieux de ne pas prendre de chance, je pense. Il est où, lui ? Coudonc, sa vessie, c'est un soixante gallons ! Et si je le laissais là ? Après tout, il n'est qu'un produit de mon imagination.

Contact, démarrage, on décolle.

— C'est vraiment pas gentil, ça.

Je me suis cognée au plafond tellement j'ai fait le saut. Je l'ai bel et bien abandonné sur le bord de la route. Et je le retrouve à sa place, en arrière. Il a même mis sa ceinture de sécurité !

41

— Tu ne te débarrasseras pas de moi comme ça.

On dirait, oui, on dirait.

Soupir.

* * *

Sur le traversier, détroit du Trajet. Je voulais écrire une histoire du genre : « Un jour, un certain engourdissement s'empare d'eux. Quoi ? Même cet amour-là finira ? Ils sont tristes, déçus d'eux-mêmes.

« Ils ne savent pas encore que jamais ils ne pourront se passer l'un de l'autre. Et que ce n'est pas la mort des sentiments qui les séparera, mais la mort, la vraie. Ce pourra être sa mort à lui ou sa mort à elle ; au-dessus de chacun plane une menace si lourde. Pour lui, la vieillesse, pour elle, la maladie.

« Chacun comprend l'urgence de saisir le bonheur à pleines mains. C'est pour ça qu'ils attendent, qu'ils s'enferment dans cet engourdissement leur donnant ultimement l'illusion d'être maîtres du temps.

« Cette rencontre de deux êtres en est une vraie, rare, authentique. Et c'est peut-être parce qu'il reste peu de temps qu'ils évitent de le gaspiller.

« Ils sont faits l'un pour l'autre. Ils le savent. »

Je suis obligée de me rendre à l'évidence : je suis incapable d'écrire ça sérieusement.

* * *

Comment je disais ça ? J'aime l'hiver, le froid et bla-blabla. Je ne vois pas le devant de mon auto tellement il neige ! Puis la nuit va tomber. Si je ne trouve pas un endroit où m'arrêter bientôt, je vais aller le rejoindre sur le siège arrière. Un noyé avec une accidentée de la route, à moins que je meure gelée dans le fossé.

Je roule à quinze kilomètres à l'heure. J'ai beau avoir de bons pneus d'hiver, ils ne sont pas équipés avec des yeux pour voir où est la route ! Au moins, si je frappe un orignal, à cette vitesse-là, je ne lui ferai pas mal ! Et lui non plus.

Minute ! C'est ça, c'est sûr ! J'ai avec moi un envoyé de l'au-delà qui est venu me chercher ! Je ne crois pas aux anges, mais aux fantômes, oui. Ma dernière heure est venue, c'est simple, j'aurais dû allumer tout de suite. Hé, que je suis niaiseuse des fois, pas vite vite à comprendre. C'est la fin, c'est évident : les hallucinations, c'est un signe. Et puis, si je regarde autour, je suis déjà dans le grand tunnel blanc ! Pour moi, je suis morte empoisonnée en buvant son café, à l'autre nazie. Ou c'est le lait, je commence à faire une intolérance au lactose et je ne le savais pas, j'aurais eu besoin d'un EpiPen, pire que le beurre d'arachide. Je me suis étendue raide sur le plancher plein de slotche du casse-croûte et voilà, je m'en vais tout droit vers la lumière ! Luc ! Mon fils ! Je ne peux pas partir encore !

— Arrête !

— Hein ?

— Arrête, Léa ! Je viens de voir une lumière, à gauche.

— Je suis déjà rendue ?

— Rendue où ?

— Au bout du tunnel ?

— Non, pas tunnel, motel. Il me semble que c'était un motel. Recule.

Je me méfie quand même. Quand on est mort, on ne le sait pas toujours. C'est lui qui disait ça, plus tôt.

Après tout, c'est possible puisque le contraire existe, enfin, tellement de gens sont vivants et ne le savent pas. Moi-même, tiens, je suis peut-être encore vivante. Ce qui n'aurait rien de rassurant.

Il a raison, Fidèle. Motel L'étape. J'aime le nom. Je sens que je suis en effet à une étape importante.

C'est ce que je me dis tous les six mois depuis aussi loin que je me rappelle. Une étape importante à l'école, une étape importante en ballet — ça, c'est fini depuis longtemps, j'étais *cute* à mort, mais pour la grâce... —, une étape importante pour ma carrière, une étape dans mon couple, mon couple suivant, mon prochain, mon autre, mon nouveau, une étape importante dans ma prise de conscience de moi-même, dans la rupture du cordon, celui de ma mère, celui de mon fils, bref, j'enfile les étapes, j'en suis grosso modo à ma quatre-vingtième étape, mais je ne sais toujours pas où je m'en vais. Le sait-on un jour ?

— Bonjour, madame. Beau temps pour rouler.

L'homme qui me reçoit a environ soixante ans, porte un t-shirt, des bottes de motoneige et des broches aux dents. Comme quoi, il n'y a pas d'âge pour essayer d'améliorer son look.

— Je croyais que je resterais prise dans la tempête pour toujours ! Vous êtes un envoyé du ciel, vous.

— Les campeurs disent la même chose.

— Il y a des campeurs ici, l'hiver ?

— Non, les campeurs qui viennent pendant la saison des mouches noires. Une chambre, je suppose.

— Deux, enfin, non, oui, une chambre.

— Lit double, ça vous va ? Ou vous préférez un *queen* ?

— Peu importe, pourvu qu'il y ait deux lits.

— Vous êtes accompagnée ?

— De mon ange gardien.

— …

— Deux lits pareils.

Il fut un temps où je me sentais toujours obligée de tout justifier. De donner des raisons valables pour ce que je faisais. J'avais peur d'avoir l'air idiote, folle, épaisse. La petite dame veut deux lits pour elle et son ange. Hé oui. J'aurais pu dire extraterrestre, il m'aurait regardée de la même manière. Et alors ? Je me fous bien de ce qu'il pense, je ne remettrai jamais les pieds ici, de toute façon. Voilà une autre étape importante de ma vie. Me contrecrisser de ce que les autres pensent. Avant, ça me rendait malade.

Le mot contrecrisser vient d'entrer récemment dans mon vocabulaire. Je trouve que c'est celui qui décrit le mieux cette étape souhaitable, voire nécessaire, de la vie d'une femme en quête de quelques minutes de sérénité mensuelles.

— Voici les clés de la quinze. C'est au bout.

Il m'a donné la chambre la plus loin possible.

Première bonne surprise de la journée : mon hallucination a porté ma valise. Je les aime de même. Il était temps qu'on arrive car, dehors, la tempête a doublé d'intensité. Nous sommes au milieu de Nulle part, les seuls clients, pardon, la seule cliente de ce motel, loin, loin, loin. Un jour, quand Luc sera grand, j'irai vivre sur la terre de Baffin, encore plus loin, avec encore plus rien autour, dans le vent, le froid et les seuls battements de mon cœur.

En m'assoyant sur le lit, j'ai pris ma tête entre mes mains, couvert mon visage de mes doigts. Je me suis aperçue que je serrais les dents si fort que les mâchoires me faisaient mal. Qu'un tremblement à peine perceptible parcourait tout mon corps. Que j'avais eu peur, vraiment très peur sur la route devenue impraticable, que j'étais fatiguée et que je n'en pouvais plus d'avoir l'air au-dessus de mes affaires devant mon mort. J'ai décidé de prendre un bain chaud. De m'immerger dans l'eau jusqu'à ce que ma peau plisse encore plus que ce qu'elle est et de me donner l'illusion que mes seins ne sont pas si tombants puisqu'ils flottent joliment dans la mousse.

Celui qui me suit comme mon ombre se tient debout sur la bouche d'air chaud. Je me demande s'il séchera jamais ou s'il est condamné à dégoutter pour l'éternité.

— Je vais prendre un bain chaud. Tu devrais faire la même chose, après moi.

— Merci, j'ai donné pour aujourd'hui.

Il ne bouge pas.

— Dis donc, ça te ferait rien d'arrêter de me regarder ?

Je ne peux pas croire que je vais devoir me cacher pour me déshabiller. Il a beau ne pas être réel, il reste un homme. Et le regard d'un homme, c'est encore plus impitoyable qu'un miroir.

Il se retourne, sur sa bouche d'air chaud, du côté du mur bleu. Bleu comme… Eh ! Je n'ai même pas remarqué la couleur de ses yeux. Je ne sais pas pourquoi, j'ai tenu pour acquis qu'ils étaient bleus. Peut-être parce que, vu que je l'ai vraisemblablement créé, j'ai dû lui faire les yeux bleus, j'aime les yeux bleus. Les miens sont noisette et c'est un des drames de ma vie, et je suis incapable de porter des lentilles teintées.

Question : comment ça se fait que je l'ai créé avec des cheveux teints ? Moi qui adore les cheveux gris et les rides ?

Je me déshabille tout de même dans la salle de bain. Je fais mousser mon eau jusqu'au plafond. Je me plonge dedans. La baignoire est confortable, le petit modèle, juste parfait pour que mes pieds touchent l'extrémité et que je ne passe pas mon temps à glisser et à me tenir en équilibre avec mes mains.

— Je peux te parler?

Il n'a pas ouvert la porte. Il n'est pas entré dans la salle de bain. Mais il est là, assis sur la toilette.

— Comment t'as fait ça?

— Je ne sais pas. J'ai voulu être ici et, voilà, j'y suis. Écoute, j'ai réfléchi et je pense que tu me contes des histoires.

— Pardon?

— Oui, je pense que tu es là pour m'aider à faire mon passage vers l'au-delà, que tu es mon guide.

Mon *burn-out* est plus gros que je pensais. Tu vas voir les pilules que je vais me faire prescrire! Le Prozac à côté de ça, ça va être des granules homéopathiques.

— Ton guide! Moi! T'es mal tombé en titi parce que l'au-delà, vois-tu, ce n'est pas tellement ma spécialité. Le fond du baril, oui, mais pas l'au-delà.

— À moins que, moi, je sois ici pour te guider? Après tout, c'est moi qui ai vu le motel dans la tempête.

— Je rêve.

— C'est ça, avant de quitter la Terre, il faut que je fasse du bien à une personne, que je la sauve, que je fasse une bonne action.

— J'ai déjà vu un film porno qui racontait exactement cette histoire : le gars devait rendre le plus de femmes possible heureuses avant d'être admis au paradis. Le seul film porno que j'ai vu, au Danemark.

— Je l'ai vu, moi aussi!

Bon, un amateur de films pornos, maintenant! Je perds de plus en plus le contrôle de mon imagination.

— C'était pas très bon. Ceci dit, qu'est-ce que tu penses de mon idée d'être ton guide?

— Honnêtement, j'aimerais mieux un golden retriever. Puis je vais te dire, tous ceux qui ont essayé de me « guider » font maintenant partie de mon passé.

— Qu'est-ce que je ferais ici, avec toi, alors?

— Je ne le sais pas plus que toi. Mais tu pourrais commencer par me laver le dos.

Pourquoi pas? Puisqu'il est là, autant m'en servir. Depuis toutes ces années où je vis seule, c'est ce qui me manque le plus : qu'on me frotte le dos où je ne peux l'atteindre. Triste constat.

J'aurais pu dire que ce qui me manque le plus, c'est le partage, la chaleur, la présence, que sais-je? Quelqu'un pour conduire quand j'ai un peu trop bu. Quelqu'un pour faire l'amour, qui me dirait « je t'aime » et que je croirais et qui se croirait lui-même pour un moment. Quelqu'un qui s'approche de moi, m'embrasse à la naissance du cou comme j'aime tant, qui m'enlace, me caresse, glisse ses mains dans mes vêtements, les défait, les enlève, quelqu'un qui imprègne mon corps entier de la chaleur de ses gestes, de ses baisers, qui a la générosité de me donner ma jouissance et l'ardeur merveilleuse quand, doucement, pour que je ne perde pas une seconde de bonheur terrestre, il entre en moi, me pénètre le corps et le cœur, un homme, une femme réunis dans un mirage, quand plus rien n'existe autour, qu'un couple qui fait l'amour comme on doit faire l'amour, n'importe comment, mais ensemble, toute distance et toute méfiance enfin abolies.

Eh non! Ce qui me manque, c'est un gant de crin qui parle.

Pourtant, tiens, c'est bizarre, ça me donne de drôles d'idées, ces réflexions, là, maintenant, des désirs de sexe, dans cette chambre de motel, dans cette tempête qui fait rage et m'émerveille parce que je suis bien au chaud. Que peut pour moi ce fantôme humide qui n'a même pas encore retiré son manteau d'hiver ? Mais dont la main moussante qui touche mon dos est on ne peut plus réelle ?

Voyons, Léa, réveille !

— Qu'est-ce qui te fait rire ? Je te chatouille ?

— Non, c'est très bien. Je pensais à quelque chose de drôle, c'est tout.

— À quoi ?

— Si ça ne te fait rien, je vais garder ça pour moi. Bon, je veux sortir du bain. Tu retournes dans la chambre.

Je l'ai échappé belle ! J'étais en train de me mettre à désirer un mort ! Nécrophilie, qu'on appelle ça.

Et pourquoi je ne lui dirais pas à quoi je pensais ? Un, c'est drôle. Deux, je n'ai rien à perdre puisqu'il n'existe pas. Je vais tout de même m'envelopper dans ma serviette.

Il est là, sur sa bouche d'air chaud. Pour moi, il va dormir dessus.

— Tu sais ce qui me faisait rire tantôt ?

— Non, évidemment.

— Je me suis imaginée faire l'amour avec toi ! C'est niaiseux, hein ?

— Pas mal, oui !

Ben, là, il ne faudrait pas qu'il en mette trop, quand même.

— Veux-tu dire que si je te demandais de… tu dirais non ?

— Évidemment que je dirais non !

— Pourquoi ? Je ne suis pas assez bien pour toi, je suppose ? C'est quoi, le problème ?

— Écoute, Léa, ce n'est pas ça, mais le désir, heu... comment dire ?

— C'est quoi ? Je suis trop vieille ? Trop ridée ? Trop molle ? Vas-y ! Tant qu'à faire, détruis ce qui me reste d'amour-propre. Je m'en fous, t'es même pas réel !

— Il ne faut pas te fâcher. Je ne ressens pas de désir, c'est tout. Ça n'a rien à voir avec le fait que tu sois belle ou pas, au contraire, tu es très belle, tu... Et puis, je ne suis pas vraiment dans un état pour... tu peux comprendre, non ?

Dans un état pour ? Mais les hommes sont toujours dans un état pour quand une femme leur plaît ! Même en pleine crise de malaria, une rage de dents ou trente minutes après un quadruple pontage coronarien !

Je gage qu'après ça il va vouloir parler ? Parle tout seul ! Remeurs de déshydratation sur ta bouche d'air, je m'en fous ! Et je ne te dirai pas « sèche ! », parce que c'est ça que tu veux. Je vais me coucher. Pas faim, pas soif, pas rien. Dormir. Ma journée est faite. Moi qui pensais que le pire des cauchemars, c'est d'avoir un homme collé à moi éternellement, je viens de réaliser qu'il y a pire encore : c'est quand ton propre fantasme, une pure création de ton esprit, même pas sexy, ne veut pas coucher avec toi !

L'arrivée

ou

Une fois rendu, ça se peut
qu'on se retrouve encore perdu

FEMME, QUARANTAINE,
encore jolie, forte, établie,
autonome, passionnée, sans
concession, cherche homme
pareil, sauf dernier item.

Chapitre trois

Mon grand amour,
c'est toujours le prochain

Mon problème, depuis quelques années, c'est que je tombe en amour avec n'importe quel homme qui s'intéresse à moi. Il faut être en manque vrai pour vouloir partager son patrimoine familial avec n'importe quoi qui sent la barbe fraîchement coupée !

Ce que je cherche, c'est un regard, celui qu'a un homme qui vous aime quand il prend votre visage dans ses mains avec d'infinies précautions et qu'il espère, sans rien dire, que vous saurez lire. Le regard qu'a un homme quand il vous embrasse tout doucement, qui brille dans la lenteur qu'il met à s'approcher de vos lèvres, alors que dans les yeux qu'il ne ferme pas se trouve la seule, l'unique, la merveilleuse justification de notre vie. Ce que je cherche, c'est cette beauté apaisante de ces instants fugaces, invisibles à ceux qui n'ont pas appris à regarder l'autre, grandeur de l'éphémère où l'on puise l'amour nécessaire pour avancer encore quelques jours.

Bleus, bruns, gris, verts, les yeux des hommes. Le désir a-t-il une couleur ? Quelle est celle de l'amour ?

Quelle est celle de la distance qui tout à coup brouille le rêve et brûle en une seconde les contours du cœur ?

C'est la couleur de la boue dans laquelle on marche parfois à deux.

L'instinct de survie me ramènera toujours l'écho d'une porte qu'on claque de toutes ses forces, d'un mépris qu'on crache, des reproches qu'on lance parce qu'on s'en veut tant d'avoir tout misé sur l'autre. L'écho du silence qui suit un départ, une fuite, un abandon. L'écho du rire de la cruauté quand on analyse, décortique, découpe l'être qu'on a aimé au scalpel, autopsie qui ne laisse rien de vivant. L'écho de la plume grattant le papier pour écrire toutes ces lettres qui ne seront jamais envoyées, pleines de rage, de larmes, de vérité en somme, et c'est pour ça qu'on ne les poste pas, parce qu'on s'y révèle trop, parce qu'on ne doit rien faire sous le coup de l'émotion, nous dit-on, mais pourquoi en avons-nous si peur ? L'écho de la transformation des blessures en mépris, qui met parfois tant de temps à se frayer un chemin vers l'amour à tuer.

Que peut faire l'amour, même un grand, contre la culpabilité, l'insécurité, le doute, l'isolement, les bouleversements ? Seulement s'écouler d'un cœur plein de trous.

Pourtant. J'ai oublié des visages, mais pas le frisson. Ceux qui l'ont connu savent quelle sera toujours leur quête. Pire qu'une religion, l'amour. Je suis une extrémiste, une kamikaze, je me fais sauter régulièrement, mais pourquoi est-ce que je n'en meurs jamais ?

Il a cessé de neiger. J'ai laissé les rideaux ouverts sur la tempête. Ce matin, je vois un pied de vent. Il fera soleil peut-être, plus tard.

J'ai quarante-cinq ans et j'aime encore la neige. J'aime encore ce petit matin, d'habitude en novembre, quand, à travers les rideaux de ma chambre, la lumière est soudain différente, plus claire, blanche, quand je vois dans une mince ouverture du velours bourgogne les branches du mélèze qui ont cédé de leur gris d'automne pour faire une place au blanc de l'hiver. L'hiver, c'est la saison de la lumière.

Longtemps, je me suis contentée de miettes. Un mot, une gentillesse et j'étais heureuse, un sourire, et voilà qu'on m'avait donné le plus beau cadeau du monde. J'imaginais mes histoires d'amour bien plus que je ne les vivais. D'ailleurs, j'en ai vécu plusieurs toute seule, en fin de compte. Mais je les ai vécues quand même. L'intensité n'est peut-être au fond qu'une question de regard. Je me suis fait jouer plusieurs fois, comme ça. Les hommes confondent souvent la générosité avec le manque d'intelligence. Dès que vous êtes avec eux, ils se croient maîtres de vous. Pourtant, j'ai toujours su que ce n'était pas eux qui me retenaient, mais moi qui décidais de rester.

— Allo?

Seigneur! Il est encore là. Je me suis dit, en me réveillant, si je regarde du côté de la fenêtre, que je ne me tourne pas, que je ne dis pas un mot, que je me force à respirer comme si je dormais — comme si je savais comment je respire quand je dors! —, que je m'adonne en bref à un peu de pensée magique, peut-être, oui, peut-être que je vais me réveiller pour de bon toute seule, que mes antidépresseurs — oh, pas forts, juste un quart de 10 mg de bonheur, après quarante ans, une femme a bien droit à un minimum —, que mes petites pilules couplées à dix heures de sommeil auront fait effet et que tout reviendra à la normale.

Eh non.

Mon portable qui sonne.

— Allo, mon cœur! Comment vas-tu? Tu as de la fièvre? Non? Si tu n'as pas de fièvre, tu vas à l'école... Quoi?! C'est pas vrai! Passe-moi ton père.

L'autre m'interroge du regard.

— Il a des poux! Luc a des poux!

Mon Ex prend le téléphone.

— Il en a beaucoup? Dix?... C'est épouvantable! Je suis très contente d'apprendre que vous les avez regardés à la loupe, mais tu as ce qu'il faut? Bon. Non, APRÈS le shampoing. Au moins dix minutes. Mettons vingt. Tu passes le peigne fin pour enlever les poux morts et les œufs. Tu enlèves ce que tu vois avec tes doigts. Tu n'as jamais vu une lente? C'est blanc, ça colle aux cheveux. Oui. Tu laves son manteau, sa tuque à l'eau bouillante. Je sais que c'est écrit chaud, mais ne prends pas de chance. Bouillante, surtout pour la tuque. Draps, couvertures, coussins, tout. J'ai dit TOUT, niaise pas avec ça. C'est sûr, j'ai fait exprès pour que tu sois pris avec ça. Il faut que tu avertisses l'école, le service de garde. Passe-moi Luc.

Je dois tout répéter à Luc. C'est le plus responsable des deux.

— ... et tu passes le peigne fin à ton père. Oui, ça va certainement lui faire un peu mal, ça tire. Je savais que tu dirais oui. Je t'embrasse fort.

Je raccroche.

— Et si j'en ai attrapé, des poux? Horreur! Luc a dormi avec moi, il y a deux jours.

— Il ne faut pas dormir avec ton fils, c'est malsain.

— Pardon?

— Oui, pour son identité, son rapport avec les femmes. Il va te chercher toute sa vie après.

— Ah oui ? J'ai des petites nouvelles pour toi ! Tous les hommes que j'ai connus n'ont jamais dormi avec leur mère. Ça ne change strictement rien, ils la cherchaient pareil. Bien dormi ?

— J'ai fait des cauchemars.

— Tu es chanceux, tu les fais endormi, toi. Bon, un café, ça me prend mon café. Tu sais ce qui serait gentil ?

— Dis.

— Que tu m'examines la tête pour voir si j'ai des poux.

Mon fantasme sur pattes s'exécute. Il regarde derrière les oreilles, à la naissance du cou, bref partout où il faut regarder, avec attention. Il inspecte chaque cheveu avec minutie.

— Ce n'est pas la première fois que tu fais ça. Tu as des enfants ?

Il arrête son investigation un instant, les mains suspendues à un mince cheveu. Ça tire, mais j'ai le sentiment que je ne dois rien dire, que je vais apprendre enfin des choses sur lui. Il y en a qui ont des déclics avec des madeleines. Lui, c'est avec des poux. Chacun son passé.

— Des enfants... Ça me revient, maintenant. Oui, deux. Ils sont grands, je les ai eus jeune. Vingt-cinq et vingt-trois ans. Deux garçons. Partis de la maison. D'ailleurs, ils ne téléphonent pas souvent. Ça fait un bout de temps que j'ai eu des nouvelles de Sébastien, le plus jeune.

— Le deuxième. Jamais la pole position dans la vie.

— Il a toujours été dans l'ombre de Patrick.

— Tu te souviens du nom de tes enfants ! C'est bien. Et le tien te revient aussi, peut-être ?

— C'est curieux, vraiment pas. Écoute, j'ai beau chercher, je ne trouve rien.

— Ça ressemble pas mal à de la mémoire sélective, si tu veux mon avis. Pas envie de revenir et tout.

— Non, je parle de poux : tu n'en as pas.

Fiou ! Il y a un bon dieu pour les écrivaines vieillissantes. Il a décidé que j'avais déjà ma croix à porter, pas besoin de parasites en plus.

Sauf que l'autre, là, vient de me lancer un coup de déprime avec son Sébastien, le deuxième, donc dans l'ombre. Je suis moi-même une deuxième de famille et j'en porte encore les stigmates. On devrait créer la société des deuxièmes, des deuxièmes en tout, toujours à un cheveu derrière, presque plus de voix tellement on crie pour se faire entendre, quasiment pas de nom. Les artistes doivent tous être des deuxièmes. Les divans de psy doivent être pleins de deuxièmes qui payent pour qu'enfin maman les entende. Les deuxièmes ne sont pas dans l'action, ils sont en perpétuelle réaction ! De faux narcissiques toujours en quête de leur moi propre, des photocopies de personnes, les grands rois de la débrouillardise condamnés à l'excellence pour qu'on daigne leur jeter un regard de biais, regard qui les plonge tout de go dans des questionnements personnels frisant la paranoïa aiguë, tellement peu habitués qu'ils sont à être regardés, transformant ainsi leur désir le plus grand en troubles nerveux on ne peut plus insupportables.

— C'était pourtant mon chouchou, Sébastien.

Bon, une autre de mes théories qui a besoin d'être légèrement révisée.

— Qu'est-ce qu'on fait ?

— On a deux possibilités : j'appelle l'ambulance pour me faire conduire aux soins psychiatriques les plus proches.

— Et la deuxième ?

— On file au royaume du père Noël, du phoque barbu et du caribou en rut.

— J'aimerais mieux la deuxième possibilité, mais je te suis.

— Tu n'as pas le choix.

— Toi non plus.

* * *

Autobus vers Chemin Faisant. J'en ai eu tellement, de ces moments-là! De ces moments terribles où rien ni personne n'est sur la même longueur d'onde que soi. On se brûle, on se casse un ongle, on échappe ses clés ou ses paquets, on passe sur la rouge. On se regarde dans le miroir, on n'y voit que les peaux sèches, les yeux tout à coup sans charme, le visage sans couleurs, les lèvres sans vie, minces et mauves. On monte un escalier avec l'impression d'avoir cent ans, on veut jeter tous ses vêtements parce que pas un ne va. On souffre de solitude, on veut entendre le téléphone sonner, mais voilà, on s'enferme parce qu'on n'a pas l'énergie de faire la conversation. C'est aussi qu'on est incapable de penser. Les idées sont loin de se bousculer dans la tête, le cerveau, qu'on sent parfois fonctionner, semble engourdi comme si on avait pris un médicament trop fort. Mais on n'a pas pris de médicament. On n'est rien qu'un corps souffreteux. On se dit que c'est pire pour les autres. On pense à tous ceux qui sont tristes, malades, au milieu des horreurs des hommes. On se sent coupable de se laisser aller. On ne dit rien car on ne veut pas entendre des reproches qu'on se fait déjà. Il y a ces soirs terribles où plus rien ne va, alors que, pourtant, tout va. Les soirs où on n'a pas de raison d'être mal. Je les connais ces soirs terribles où les mots gentils et les meilleures intentions se perdent dans l'impatience et la fatigue. Je les connais ces matins terribles où en ouvrant l'œil on réalise que l'état de la veille ne nous a pas quitté, sachant que la journée sera lourde, longue, inutile. Je les connais, ces débuts de roman.

* * *

On dit que la faculté de s'adapter est un signe d'intelligence. Eh bien, je me présente, Léa, génie de profession. La preuve? Je me suis adaptée à un compagnon sorti de la fosse abyssale en vingt-quatre heures. Je me suis même adaptée au fait qu'il ne se change pas et ne s'adonne à aucune des préoccupations hygiéniques modernes, enfin presque. Ça, ce n'est pas rien. Il faut dire que n'émane de lui aucune odeur vraiment nauséabonde, sauf la moule de deux jours. Il n'est donc ni en voie de décomposition, ni en ce que j'appellerais « période d'épandage de fumier du printemps » qui annonce que la vie reprend.

Sa barbe pousse, mais ce n'est pas une preuve qu'il soit vivant. Je sais que ça continue à pousser après la mort. Comme les ongles. Il se les ronge, d'ailleurs. Au moins, il le fait lui-même et ce ne sont pas les vers qui s'en occupent.

Il a essayé de m'impressionner, signe indubitable, chez un homme, qu'il partage certains gènes avec le coq. Genre ta-voiture-je-vais-te-la-sortir-du-premier-coup-du-banc-de-neige. Les hommes oublient souvent que la neige offre une certaine résistance, possède un poids certain, et qu'il vaut mieux l'enlever avant d'essayer de faire avancer une auto.

Quand le propriétaire du motel m'a vue debout les bras croisés à côté de ma voiture, il est gentiment sorti dehors, avec ses bottes de motoneige et une chemise de coton à manches courtes, par-dessus sa camisole, par moins vingt.

— Ça ira mieux à deux. Je vais vous la sortir du premier coup du banc de neige.

— Merci.

Que pouvais-je dire d'autre ? J'avais évidemment une impression de déjà entendu, sauf pour le vous qui remplaçait le tu. Mon fidèle Fidèle n'a eu que le temps de se glisser sur le siège de droite. Et il a affiché tout le mépris qu'un homme peut avoir pour un autre qui réussit là où il a lui-même échoué.

En entrant dans la voiture, je n'ai pas trop appuyé sur ce fait, connaissant l'orgueil démesuré du coq. Je suis certaine que c'est la dernière chose qui quitte la carcasse du mâle éteint.

— Il peut bien faire le jars, j'avais déjà fait toutes les traces pour lui, me lance l'homme à l'ego blessé.

Ce qui me fascine chez l'autre sexe, entre autres choses que je ne vois pas en ce moment, c'est cette incroyable faculté de se percevoir comme vainqueur, champion en toutes circonstances. Moi, même quand j'ai raison, je garde la vilaine impression que j'ai tort. Alors qu'eux, c'est tout le contraire. Ils arrivent toujours à tirer leur épingle du jeu, à croire que lorsqu'ils ont tort, au fond, ils ont raison. C'est peut-être la testostérone qui fait ça, auquel cas j'aimerais bien m'en faire injecter une bonne dose. Tant pis si ça me fait pousser une moustache. C'est peu cher payé pour passer le reste de ma vie heureuse, satisfaite et débarrassée de toute trace de cette culpabilité éternelle qui vient avec les œstrogènes et un peu d'aide de la société.

Le temps est blanc et on roule dedans. Blanc partout, dessus dessous, sur les côtés. C'est ainsi que j'ai toujours imaginé les limbes où les âmes non baptisées de mon enfance se retrouvaient après trépas.

— Dis-moi, Léa.

— Oui ?

— As-tu un amoureux ?

— Non, pourquoi ? Ça t'intéresse ?

— Non, non, je demande ça comme ça.

Merci, pour faire plaisir à son chauffeur, c'est raté.

— Comment ça se fait ? Je trouve que tu parais bien.

Aïe, aïe, aïe ! « Tu parais bien. » Je gage qu'il va ajouter : « Et tu es fine à part ça. » D'habitude, c'est ce qu'on dit quand on n'est pas capable de faire un compliment ou même un petit mensonge et, dans ce cas, il ne s'agit pas d'un péché mais d'une bonne action.

— Et toi ? Tu as une blonde ?

— Tu ne me réponds pas.

— As-tu une blonde ?

— Non.

— Pourquoi ? Tu es bien conservé. Enfin, encore.

Et vlan. Ça nous met au même niveau.

— Je ne sais pas.

— Bien moi non plus, vois-tu. J'ai toujours cru que je savais, à chaque fois. Et puis, je ne sais plus rien.

C'est là qu'il est sorti du bois. Un orignal majestueux. Immense. Avec un panache à faire rêver de se transformer en orignal femelle. Noir, haut, fier. Un miracle, un cadeau.

Nous voilà arrêtés, sur une route déserte, avec cette bête magnifique qui avance lentement, roi des lieux. J'ai quarante-cinq ans et je vois mon premier orignal. J'ai toujours pensé que les panneaux routiers indiquant leur présence n'étaient qu'un truc pour nous faire peur, nous faire ralentir et impressionner les Français en visite. Mais le voilà devant moi, et il n'y a même pas de panneau sur cette route !

Nous ne disons rien, nous ne bougeons pas de peur... de quoi ? Qu'il nous charge ? Ou qu'il s'en aille ? Je voudrais le retenir, figer ce moment d'irréalité, car pour moi, ce vide blanc, cet orignal vivant et réel font partie d'un monde qui n'est pas le mien. Un monde parallèle qui pourtant a toujours été là, bien avant moi, et restera, enfin encore un peu. Je voudrais retenir ce saut dans un instant vibrant de cette nature si dure, retenir encore un peu ces minutes qui passent déjà et cette vision fabuleuse dont je me lasserais si elle durait une heure. Mais voilà, elle est fugace et c'est ce qui fait une part de sa valeur, elle est un pur hasard et c'est ce qui fait qu'elle soit si précieuse, elle est hors de ma portée, de mon contrôle, elle est libre et c'est pour ça qu'elle touche si fort ce minuscule morceau de notre cœur qui l'est encore, libre. Elle nous plonge dans le ravissement et nous fait nous oublier un instant.

Cette vision a coupé net cette conversation sur le pourquoi de mon vide amoureux dont je n'avais vraiment pas envie de parler. À vrai dire, ce n'est plus se tourner le couteau dans la plaie, c'est se faire hara-kiri ! Donc je retiens le truc : toujours garder un orignal à portée de main pour détourner l'attention.

Un murmure à côté de moi :

— Tu es déjà allée à la chasse ?

— Es-tu fou ? Comment veux-tu que je tire sur une merveille semblable ! Tu ne vas pas me dire que tu chasses ?

— Jamais dans cent ans ! Je suis végétarien.

— Pourquoi? Ça prend de la viande de temps en temps, pour les protéines.

— Je suppose que tu manges de jolis petits agneaux, des veaux de lait sans défense, des canards. Je gage que tu as même goûté à de l'orignal.

Ordure.

— Euh, oui, et alors?

— Du moment que ce n'est pas toi qui tires, tu t'en fous, non?

— Et toi? Tes... ton... tes bottes! Voilà! Les lacets sont en cuir! Ça vient de quoi, tu penses, le cuir? D'un arbre? Qu'on le fait pousser comme les patates? Ou que la vache en donne comme du lait? Et ton manteau, j'ai des petites nouvelles pour toi: c'est du monde en Asie payé un dollar par mois qui le coud et je ne suis pas sûre que ce monde-là a l'âge de travailler! Mais je suppose que le travail des enfants te dérange moins que le fait qu'on écrase les maringouins? Hum?

— Ciel! J'ai touché une corde sensible à ce que je vois. Culpabilité rampante.

— Bon, tu vas pas commencer ça. Si tu me dis que dans la vie tu es psy, je te jette dehors. En roulant, à part ça.

Il éclate de rire. Il rit comme un malade, ma parole, il va pleurer de rire. Qu'est-ce que j'ai dit? Non mais, il rirait de moi en pleine face qu'il ne ferait pas autrement!

— Eh, oh! Youhou! Ça va?

Bon, il va s'étouffer dans son hoquet, ou bien son diaphragme va éclater en morceaux et il va mourir pour de bon s'il n'arrête pas. Puis l'orignal a disparu sans que je m'en aperçoive. Il m'a fait manquer mon orignal, l'espèce. Me voilà prise avec un cadavre en plein délire hystérique. La journée va être longue, je le sens.

— Excuse-moi, Léa, je ne ris pas de toi. C'est juste que... tu m'as fait penser à moi.

— Je sens la moule pas fraîche?

— Arrête. Je disais tout le temps ça à ma blonde : « Tu ne vas pas recommencer. » Elle était psychologue et avait la fâcheuse habitude d'essayer de régler nos désaccords en m'expliquant ce que mon comportement avait de pathologique et de programmé d'avance.

— ... était?

— Doublement. D'abord, parce que je suis un peu mort. Ensuite, parce qu'on n'était plus ensemble.

— Je n'aurais pas pu supporter, moi non plus, de vivre avec un psy.

— Pourquoi? Tu as eu une mauvaise expérience?

— Pas du tout! Au contraire, même. Mais j'ai horreur d'être percée à jour. Dans un couple, ça prend du mystère. Enfin, il faut croire que l'autre est mieux que ce qu'il est en réalité, sinon c'est l'enfer. Alors vivre avec un psy qui m'aurait comprise, je serais partie en courant. Au fond, je ne veux surtout pas être comprise.

— C'est elle qui est partie.

— Ah.

— Sans laisser d'adresse.

— Oups.

— Je n'ai jamais su pourquoi.

Je lui donne exactement deux minutes pour sombrer dans la mélancolie. J'ai horreur quand une projection de mon esprit pleure sur une autre femme quand, moi, je suis en train de faire du charme malgré tout. Bon. Si je comprends bien, me voici jalouse de l'ex-femme d'un cadavre ambulant. Peut-être que ça fait cet effet-là quand on traverse le soixantième parallèle.

— Eh! c'est extraordinaire!

— Quoi ? Que ma blonde ait disparu ?

— Non, que tu t'en souviennes ! Alors, qu'est-ce que tu faisais dans la vie avant de trépasser ?

— C'est comme mon nom, ça ne me revient pas du tout.

— Journaliste ? Acteur ? Docteur ? Voyons, qu'est-ce que ça peut faire d'autre, un homme qui se teint les cheveux ?

— Mais n'importe quoi, Léa ! Si je me teins les cheveux, c'est parce que je n'aime pas me voir vieillir, c'est tout. Tu le fais bien, toi !

— Ça paraît tant que ça ? Pourtant, c'est ma couleur naturelle.

— Tu devrais prendre plus pâle, la repousse paraîtrait moins. Moi, j'aimais mieux noir, mais il fallait que j'aille aux deux semaines chez le coiffeur.

— Combien ça te coûte ?

Et blablabla. On jase teinture, on compare Katou et Sophie, nos coiffeuses respectives. On se dit que, passé cinquante ans, une femme sur deux a les cheveux rouges avec des pics, et on constate que l'idée de ne plus être capables de séduire un jour nous rend malades tous les deux.

Ça me fait penser à Claudine, tiens. Toute sa vie est entièrement basée sur la séduction. Elle a toujours vivoté en faisant des contrats d'attachée de presse — tâche dont elle s'acquitte admirablement bien —, mais elle a toujours vécu au-dessus de ses moyens grâce à tous ces hommes au portefeuille bien rempli qui furent ses amants. Je me souviens même de cette époque glorieuse où elle en avait deux qui payaient chacun une moitié de son loyer ! En toute connaissance de cause. Elle a séjourné partout dans le monde gratuitement, chez ses amants avec lesquels elle est toujours restée en bons termes. Brillante.

Sauf que, pour elle, vieillir sera une catastrophe. Enfin, c'est mon petit côté méchant qui dit ça, je peux être odieuse même avec mes amis ! Le fait est qu'elle a hérité d'une petite fortune d'une vieille tante, ce qui lui assure maintenant une vie confortable et lui permet d'être continuellement en voyage, à ses frais, entre deux contrats qu'elle prend pour le plaisir.

Quant à moi, depuis quelques années, je tombe toujours sur des hommes cassés ou pingres, des fois les deux ensemble, auxquels je paye le restaurant. Je suis allergique à l'idée de devoir quoi que ce soit à un homme, mais je ne détesterais pas me faire gâter de temps en temps. Souvent même. Signe que je change en vieillissant : je commence à accepter qu'on me donne.

Bref. Contrairement à Claudine, je ne reste pas amie avec mes ex. Je les jette dehors en général parce que je ne peux plus les voir, je leur en veux, je les trouve minables, plates, odieux, manipulateurs, désespérants de faiblesse, ou violents, fêlés, trop différents du rêve que j'avais d'eux, ou jaloux, gratte-la-cenne, menteurs sur les bords, mauvais amants, profiteurs, ou tyranniques, casse-party, inutiles, ou parce qu'ils manquent d'humour, qu'ils ronflent, qu'ils fument, ou parce que je sens qu'ils ne m'aiment pas ou parce que je n'aime plus leur sourire, ou tout simplement parce que je me réveille un matin et que je réalise que je n'aime plus, même si je n'ai rien à reprocher.

Les cassures ne sont jamais faciles. En fait, je n'en peux plus d'aimer parce que je n'en peux plus des ruptures. Certaines ont été nettes, d'autres, laides, d'autres, terriblement souffrantes, d'autres, ignobles. Je suis moi aussi déjà partie sans explications, sans un mot, rien, lâchement. Alors pour les amitiés post-coïtales, ce n'est pas tellement reluisant.

Aujourd'hui, je classe les hommes en deux catégories : il y a les 9 et les 7. Je m'explique. Les 9, ce sont ceux dont on garde les messages sur la boîte vocale. « Pour conserver ce message, appuyez sur le 9. Le message sera conservé pendant quatorze jours. Pour l'effacer, appuyez sur le 7. » Il y en a comme ça que j'ai conservés pendant un an, deux ans, parce qu'ils étaient si doux. Les 7, ce sont ceux qu'on efface. Tous les 9, un jour, deviennent des 7.

Mon dernier chum, celui que j'ai perdu « par erreur », me laissait des messages ravissants. À la fin, j'en avais une quinzaine que je conservais. Je les ai tous effacés un matin, 7, 7, 7, 7, sauf un que j'écoute quand j'ai besoin d'un mot doux. « Léa, je sais que tu n'es pas encore arrivée chez toi. Je voulais te dire que tu me manques, que ma maison est déjà vide sans toi. Je t'embrasse encore. À plus tard. » Vraiment, vraiment pas capable de l'effacer.

— Tu es bien silencieuse, tout à coup. À quoi tu penses ?

— À ma boîte vocale, rien de profond. Dis-moi, tu as déjà eu un grand amour ?

— Oui, ma psy qui est partie. Un grand amour. Et toi ?

— Oh, j'en ai eu plein.

— Oui, mais le plus grand, c'est lequel ?

— Mon prochain.

— Comment peux-tu dire ça ?

— Ce n'est pas moi qui parle.

— C'est qui ? Tu es schizophrène ?

J'éclate de rire.

— Pire ! Je suis habitée par au moins douze personnes différentes !

— Content d'apprendre que je fais un voyage de groupe. Mais celle qui dit que son grand amour c'est le prochain, c'est laquelle ?

— Celle qui me désespère le plus, qui croit toujours à l'amour malgré tout.

— À moins que ce ne soit celle qui ait décidé que ce serait comme ça parce qu'elle est incapable d'aimer vraiment ?

Je déteste les semi-morts qui voient clair.

Chapitre quatre

Je n'ai pas besoin de ce qui me manque

Hôtel, Lieuville. Je suis allée vers lui, pourquoi ? Qu'est-ce que j'attendais ? Tout, rien de moins. Et voilà, je n'ai rien oublié, j'ai laissé mon cœur sur l'oreiller et je suis partie. Que faire maintenant ? Laisser le temps filer. Le manque ne peut durer longtemps. Il dévore l'amour petit à petit en creusant un trou si grand dans le cœur qu'il disparaît tout doucement. Je vis seule depuis trop longtemps pour me satisfaire de miettes. Ça ne fait pas de belles histoires. Je veux entendre : « Je t'aime, Léa. » Souvenirs de l'Un, en Roumanie, me disant qu'il ne m'aimait pas. J'ai pourtant vécu avec lui. Souvenir de l'Autre et des je t'aime qui tuent aussi, des je t'aime de haine, souvenir des je t'aime d'amour lancés dans un grand cri dans une forêt enneigée et ensoleillée, souvenir des je t'aime murmurés, le cœur battant, des je t'aime qu'on ne peut retenir, qu'il faut dire, souvenir de ce qui nous réjouit, nous emporte. Je ne peux vivre dans les zones grises et les demi-mesures. J'aime mieux aller au lit avec un bon livre qu'avec une moitié d'amour, pitoyable effort mathématique pour ne pas blesser, alors qu'on sait au fond que l'on n'aime pas. Écrire pour vivre. On m'a donné une chambre magnifique au dix-huitième étage, de luxe, la mienne n'était pas prête, le gentil commis se sentait généreux. Douillette d'un pied d'épais, meubles confortables, décoration sûre, immense fenêtre d'où je vois le fleuve, les glaces et au loin les montagnes. Étrange de regarder voler les oiseaux d'en haut. J'absorbe comme une éponge ou une vieille peau sèche sur laquelle on étend enfin de la crème. Je mange seule devant les lumières de cette ville lointaine et je dormirai les rideaux ouverts. Je ne ferme plus les rideaux. J'aime que la lumière me réveille le matin et qu'elle scintille dans la nuit. Lumière sur mon sommeil, sur mon réveil, soleil dans mes rêves si emmêlés juste avant d'ouvrir les yeux. Heureuse d'avoir acquis cette capacité de prendre, d'être. Être, n'est-ce pas simplement avoir conscience d'exister dans cette seconde qu'est le moment présent? Tout le reste n'est qu'attente d'être. Je ne sais pas ce qui se passe en moi, mais je me sens profondément, immensément et surtout réellement heureuse. Une fois n'est pas coutume. Que vas-tu faire de tout ton amour, de ton sourire ravageur et de ton corps vieillissant? Une chose terrible dans la vie, c'est de n'avoir qu'un seul miroir, qu'un seul regard qui vous renvoie sans cesse votre image. Le voyage à l'intérieur de soi est fascinant et sordide. Il faut que vienne de temps en temps, de l'extérieur, un miroir déformant. Ou écrire et tout défaire.

* * *

— C'est ici? me demande mon fidèle compagnon.

Il faudra que je lui donne un autre nom. Je n'aime

74

pas Fidèle. Il n'est peut-être pas tout à fait humain, mais ça fait trop animal.

— On dirait, oui.

— Donc, je suis vraiment mort et en voici la preuve : nous sommes dans un vrai no man's land.

— Tu exagères.

Il n'a pas tort, mon ombre. Cette non-destination-soleil se distingue en effet par l'absence apparente de vie humaine, l'absence absolue de feuillus et même d'arbres tout court et, surgissant çà et là de sous la neige, de la roche, de la roche, de la roche et des trous d'eau glacée. Je ne peux que m'exclamer :

— J'adore !

— On a peut-être des gènes de coq, mais toi, tu as des gènes de phoque !

— Ah là, ça se peut pas. J'ai pensé gènes de coq, je n'ai jamais dit gènes de coq.

— Non ? C'est bizarre. Peut-être que je commence à être capable de lire dans tes pensées.

— Je t'ai peut-être dit que si tu entrais dans ma tête, tu ne t'ennuierais pas, mais ça ne signifie pas que je veuille que tu le fasses, cher. Je veux bien t'avoir à côté de moi pour jaser un brin, d'ailleurs, c'est ce que je trouve intéressant avec cette maladie mentale, elle me permet de ne pas m'ennuyer. Que tu joues au psy de salon passe encore, ça reste dans le merveilleux monde des suppositions. Mais que tu lises mes pensées, là, non, je décroche. Allez, *out*, ouste, loin de ma vue, disparais, *scram*, fini les *living dead*. Ça ne me tente plus, ce n'est plus drôle du tout, du tout, du tout.

Il y a toujours bien une limite ! Puis il fait froid ici. Où est ma tuque ? Ah, sur le siège arrière. Quand tu as froid aux pieds, couvre ta tête, qu'ils disent, les

Anglais. Ma foi du bon Dieu, il doit bien faire moins cinquante.

— Enlève ta tuque, Léa.

— Pourquoi ? Mes oreilles vont tomber !

— Enlève ta tuque. Je veux voir si ça fait une différence pour la lecture mentale.

Il ne manquerait plus que ça ! Que je sois obligée de porter ma tuque tout le temps pour l'empêcher de découvrir mes pensées les plus secrètes et les moins nobles, mettons. Un coup partie, dormir avec ? Franchement, je pousse le réalisme de cette création un peu trop loin.

— Tu pensais qu'il y a peut-être des poux ou des lentes sur ta tuque, vu que Luc la porte des fois.

— Merveilleux !

— J'ai trouvé ?

— Non, tu es complètement à côté !

— Pourtant, j'étais certain que tu pensais à ta tuque.

— Plutôt à la capine... Tu sais ce que ça signifie, « faire de la capine » ? C'est être dérangé. Mon père disait ça d'à peu près tout le monde.

— Ah. Mais j'avais vraiment l'impression que...

— Oublie la lecture de mon cerveau, O.K. ?

Je ne vais quand même pas lui dire qu'il n'était pas loin ! Une folle ! Je ne veux pas qu'il se promène dans les méandres de mes pensées les plus inavouables. Ah ! Voilà le comité d'accueil.

Deux immenses chiens, croisement évident entre le loup et l'ours polaire, courent vers moi, débordants d'enthousiasme, ou bien affamés, c'est ce que je vais savoir rapidement. J'adore les chiens. Plus ils sont gros, plus je les aime. Quand ils vous regardent, enfin ceux qui vous connaissent, ils sont tellement attendrissants d'amour qu'on est fatalement touché, du moins ceux d'entre nous à qui il reste quelques millimètres de cœur encore à découvert. Malheureusement, le chien n'a pas la capacité de nous emmener au restaurant.

C'est... mon compagnon qui les attire! Vu l'état de saleté de l'un des deux, ça ne m'insulte pas trop. Mais ça signifie qu'ils le voient.

— Bonjour!

Un jeune homme pas mal du tout, au teint basané et aux cheveux brillants de mèches acajou sur fond noir, se dirige vers moi en me tendant la main.

— Bonjour, madame Latulipe! Ça me fait plaisir de vous voir. On était inquiets hier, à cause de la tempête, mais madame Claudine nous a appelés. Vous auriez dû venir en avion, vous savez, dans cette région, c'est le seul moyen sûr, à part la motoneige et le traîneau à chiens. Ils sont bien bizarres, ces deux-là! Ils agissent comme s'il y avait quelqu'un à côté de vous. Enfin, je me présente, Marcel, je suis le président du Salon et le coiffeur de la région.

Mon cher mort en devenir se débat et lance des « couché, couché » inaudibles sauf pour moi, on dirait, car les chiens n'obéissent pas du tout.

— Je suis contente d'être arrivée. Alors, c'est ici le Salon?

— Oui, ça c'est notre aréna-salle-d'exposition-salle-de-spectacle-église-salle-de-réunion. Je vous emmène à votre hôtel, avant?

— Volontiers.

— Nous n'en avons qu'un, mais c'est confortable.

Il enfourche sa motoneige. Un instant je contemple cette bâtisse qui n'est pas plus qu'un rectangle de métal qui pourrait tout aussi bien être un garage, où je discuterai avec je n'ai pas idée qui de cette force d'attraction plus grande que l'attraction terrestre, de ce plein, de ce vide, de ce feu qu'est l'amour, de l'importance même du questionnement amoureux à côté des souffrances du reste du monde. Je contemple ce coin de planète perdu, brillant soudain sous un rayon de soleil qui vient de se frayer un chemin à travers les nuages, et j'ai ce sentiment étrange qui nous prend parfois à l'improviste, celui d'être, c'est tout, être, c'est beaucoup, ce sentiment d'exister juste à cette minute et de me trouver là où est ma place alors que, d'habitude, j'ai plutôt l'impression du contraire. Ça me surprend, ça me réjouit, ça me fait chaud en dedans de sentir qu'il y a de la vie en moi, autour de moi, et que je suis en plein dedans.

Nous le suivons jusqu'à une charmante maison à la cheminée fumante, vision réconfortante dans ce désert de glace. Les maisons de cette agglomération sont éparpillées ici et là, colorées, mauves, jaunes, roses. Ce qui est frappant, c'est l'absence totale de clôtures. Où commence une propriété, où finit-elle, impossible de le dire. Ou bien ça importe peu, ou bien il y a pénurie d'arpenteurs dans le coin. Je vote pour la première possibilité.

— Bonjour, madame! Bienvenue chez nous! Nous vous avons gardé la plus belle chambre, la deux, vous méritez bien ça après avoir traversé la tempête pour venir jusqu'à nous. Salle de bain avec bain-tourbillon, bureau si vous avez envie d'écrire, lit *queen*, vue sur le glacier et le coucher de soleil. Ah, le coucher de soleil est à 14 h 55. Les jours allongent déjà!

Cet été, le soleil sera omniprésent. Le soleil ici est comme un homme: trop là ou pas assez.

Je prends ma valise — je ne peux pas la laisser voler toute seule —, monte l'escalier jusqu'à l'étage et entre dans ma chambre. Magnifique ! La décoration est digne d'un magazine américain sur la vie à la campagne des gens ordinaires qui gagnent mon salaire multiplié par quatre, US. Le rideau assorti à la couette et le papier peint au tapis, il manque juste le chien couché en rond au pied du lit. Étonnant. Je suis un peu déçue.

J'aurais préféré un igloo. Quelque chose de local, de typique. Un tipi, un coup parti avec douche, bien entendu. Je ne supporte pas de ne pas me doucher chaque jour.

Il faudra me contenter du paradis.

La seule ombre au tableau : mon ombre, justement. Tiens, je pourrais peut-être le faire coucher en rond au pied du lit.

— Hé ! Tu ne parles plus ! Peut-être que tu es en train de mourir vraiment ?

— Je n'ai rien à dire.

— Tu as l'air triste tout à coup.

— Triste ? Et pourquoi donc je serais triste ? Je suis à moitié noyé, je n'ai aucune idée de ce que je fais ici et avec toi. J'ai perdu la mémoire, je ne sais pas où ma vie s'en va, ou ma mort, je sens l'eau qui a vu passer trop de bateaux rouillés et je n'ai même pas de place où dormir. Est-ce que j'ai une raison d'être triste ?

— Je ne vois pas, non.

— Tu n'es pas drôle.

— Je n'essaye pas non plus. Écoute, tu es vivant, enfin, je ne sais pas comment on appelle ça, dans le Grand Nord, tu as oublié qui tu es et d'où tu viens, mais je vais te dire, il y a un joli paquet de monde qui aimerait ça, oublier. Quant à ne pas savoir où tu vas, personne ne sait, alors fais pas tes nerfs là-dessus. Pour dormir, là, oui, je te l'accorde, il y a un petit problème. On va y penser.

— Et l'odeur?

— J'ai plein d'échantillons de parfum qu'on distribue dans les congrès, je dois bien en avoir un assez fort, sauf que tu risques de sentir la vieille matante.

Il est découragé, abattu, il va me faire une crise de déprime, je le sens. Je le comprends. Mais que puis-je y faire? Il aurait pu tomber pire. Même que, compte tenu de la situation, il devrait être content d'être avec moi. Je ne dois pas le prendre personnellement, mais je ne peux toujours bien pas le consoler d'être pris avec moi, quand même! Moi, quand je suis déprimée, je m'achète un cadeau, un vêtement, des souliers, un lit, ce que j'ai fait l'année dernière, car j'étais très très déprimée, j'attends d'ailleurs la prochaine crise pour changer le sofa du salon. Quoi offrir à quelqu'un qui n'est plus de ce monde bassement matérialiste?

— Fidèle, je n'aime pas ça comme nom, Fidèle. Comment je pourrais t'appeler? Capitaine Cousteau?

— N'en rajoute pas.

— O.K. Je vais t'appeler l'Homme. *Basic.*

— Parfait pour moi.

Il va à la fenêtre, contemple le blanc qui vire au gris avec les nuages et la nuit qui s'approche déjà. Il est pris de mélancolie, mon mort. Je regarde cet être réel uniquement pour moi, cette personne qui m'accompagne que je le veuille ou non, ce mystère, cet inconnu. L'Homme.

Il soupire, l'Homme. Il sent le brochet qui nage sur le dos depuis deux jours et il soupire. J'avais bien besoin de ça. Plus moyen de lui parler, il se perd dans sa propre image qui se reflète dans la vitre à la lueur de la lampe allumée. Il est plongé dans sa solitude, son vide, avec la moue d'un enfant de cinq ans. Il a ce petit quelque chose d'attendrissant qui chatouille mon instinct maternel, ce désarroi du mâle de l'espèce humaine qui pousse la femelle à lui caresser les cheveux en lui disant : « Ben non, ça va bien aller, tu vas voir, je suis là. » Par ailleurs, d'après ce que j'ai pu remarquer, le désarroi ne fait jamais apparaître la femelle de l'espèce comme une enfant de cinq ans. Il va plutôt dans l'autre sens et lui donne l'air d'avoir cent ans. Ce qui n'a en rien le côté émouvant du jeune chiot et fait que seules les amies de fille ont envie de lui dire que tout va bien aller.

L'instinct maternel porte à protéger. L'instinct paternel, si une telle chose existe, porte à jouer.

Peut-être est-ce tout simplement que je ne sais pas jouer.

* * *

— Mesdames, messieurs, bonsoir et bienvenue à cette rencontre littéraire qui a pour thème « Écrire sur l'amour au XXIe siècle ». Nous avons la chance d'avoir comme participants à cette table ronde…

Mesdames, messieurs… Où ça, mesdames, messieurs ? Il y a quatre personnes dans la salle ! On est plus d'écrivains sur scène. C'est ça qui me tue dans ce genre d'événement : quand on finit par jaser entre nous. Pour être honnête, il faut dire que c'est le seul moment où je le fais. Prenons donc ça positivement.

Jamais, dans ma vie d'écrivain, je n'ai assisté à une séance de mon syndicat d'auteurs. Je suis en fin de carrière et, quand j'appelle au bureau de mon association, on me répond : « Léa Latulipe ? Qui ça ? » Je ne fréquente personne de mon espèce, car j'ai horreur de faire étalage de mon inculture littéraire. Je n'ai pas lu les classiques, je n'ai pas lu les dernières parutions, je n'ai pas lu les génies japonais, sud-américains ou islandais, je n'ai pas lu les critiques récentes ni les journaux depuis que je suis mère. En fait, je ne lis que ce que j'ai vraiment envie de lire, et tant mieux si par hasard ça tombe sur un collègue compatriote. C'est toujours un peu gênant de dire à un écrivain : « Je regrette, je n'ai pas lu votre dernier (ni même les autres, mais ça ne se dit pas). » De toute façon, comme on se fait la plupart du temps répondre « Moi non plus », ça allège la culpabilité.

Donc. Je suis inculte. Et je n'ai aucune mémoire. Je ne me souviens jamais du nom de l'auteur du livre que j'ai tant aimé ni du titre. Et pour ce qui est de citer une phrase, un passage, un « comme disait machin chouette », aussi bien demander à un phoque de déclamer *Hamlet*. Finalement, je me trompe en croyant que je fais exprès d'avoir l'air idiote : en réalité, je le suis vraiment.

J'en suis fort aise, comme disait la fourmi, car cela m'enlève le stress du poids de l'intelligence. Le génie est lourd à porter et, ayant déjà un enfant, une maison, une auto, un Ex et une personne légèrement morte à gérer, j'ai les bras pleins.

À propos, cette personne légèrement morte se tient debout derrière moi et promène alentour un regard languissant. L'Homme est resté prostré devant la fenêtre jusqu'au moment de se rendre au Salon. Il a comme qui dirait vraiment perdu sa joie de vivre. Je me suis dit : « Je vais le faire parler de lui. » Depuis qu'on est ensemble, c'est toujours moi, moi, moi. D'habitude, le monde attend juste ça, qu'on s'intéresse un peu à eux, pour livrer en un temps record jusqu'aux secrets les plus intimes. Ça vide, ça évacue, ça fait du bien. Ça me coûte assez cher de psy pour le savoir. Je lui ai offert de l'écouter, gratuitement en plus, ce n'est pas rien, ça. Bien non ! Monsieur vit son spleen à fond et reste muet de mélancolie.

Il faut être faite forte quand même pour traîner un mort en sursis neurasthénique et faire semblant de rien en compagnie de quatre écrivains inconnus, dont un seul offre des perspectives, sinon sentimentales, du moins physiques pour la vieille auteure que je suis.

Cinquante ans, cheveux poivre et sel ondulés caressant la nuque. Un peu d'embonpoint, ce que je trouve charmant, grand, visage poupon et rose de l'homme qui fait de la haute pression, c'est évident, cravate, j'adore les belles cravates, veste sport très bien coupée, il fait plus de droits d'auteur que moi visiblement, à moins qu'il ne soit prof, pas de bague au doigt, ce qui ne veut rien dire, pas plus que quand ils en ont une, sourire avenant, yeux clairs, deux fossettes creuses dans les joues, je craque pour les fossettes dans les joues. On nous a rapidement présentés : il avait la main molle. Désagréable. Mais enfin, tant que c'est juste les mains…

— … à cette table ronde, André Deschamps, professeur de littérature et de sémantique à l'université de…

Oups ! Ça doit faire l'amour vite vite vite pour pouvoir en discuter après.

— … et écrivain. Sa dernière parution porte le titre *Amours de passage…*

O.K. J'ai des chances. Je n'aimerais pas être sa blonde, par exemple.

— … et a reçu le prix Parcheminchose pour un premier roman. Mme Léa Latulipe, bien connue du public pour ses romans traduits en plusieurs langues…

Et blablabla… je n'aime pas entendre parler de moi quand je suis là. J'aime beaucoup par contre entendre ce qu'on a dit de moi.

— Tu as écrit tout ça ?

Voilà l'Homme qui retrouve enfin sa langue. J'opine de la tête, je ne peux tout de même pas lui répondre tout haut.

— Tu es célèbre, alors !

Dieu merci ! Il me reste toujours ça pour séduire, faute de jeunesse. D'ailleurs, je vois l'effet sur ma saveur du jour. Il doit en déduire que je suis riche.

— … M. Guy Carton, poète, récipiendaire du prix Plumemachin avec son recueil *Des amours, dés-gar(t)s*. M. Jean Nault, psychologue, et auteur de l'ouvrage *Je t'aime, tu m'aimes, nous nous détestons*, couronné comme livre le plus aimé du public au salon de Ville-quelquepart. Et Mme Simone Simard, prix Abidjan-LaTuque pour son roman *Sandrine à la plage*.

— Dis donc, Léa, il y a juste toi qui n'as pas eu de prix ?

Ne tourne pas le fer dans la plaie ! De toute façon, les prix, on sait comment c'est attribué : ça se donne entre amis, point. Et toujours pour des histoires tristes qu'on croit profondes parce qu'elles sont tristes.

— … alors, chers invités, parlons d'amour.

Ah, je vois que ça sonne une cloche. Une par une, les chaises se remplissent. Ou bien le sujet les intéresse, ou bien ils ont mal aux pieds, ou bien on leur a promis le tirage d'un voyage dans le Sud, peu importe, les visiteurs s'approchent, déposent leurs achats, tendent l'oreille avec l'espoir d'entendre des révélations ou, à tout le moins, des paroles lumineuses. Gros contrat.

— ... Tout d'abord, peut-on encore parler d'amour au XXIe siècle ?

Bon, les questions niaiseuses commencent.

— ... Léa Latulipe, qu'auriez-vous à répondre ?

— C'est une très bonne question. Avec toutes les guerres, les conflits, les épidémies, les famines sur la planète, on a l'impression que parler d'amour, c'est aborder un luxe que peu de gens peuvent se payer. Mais je crois qu'on n'en a jamais autant eu besoin !

— Cela pose la question de l'engagement politique de l'écrivain et de sa capacité à changer le monde, lance mon futur amant.

Oh *boy* ! Je veux bien l'emmener dans mon lit, mais de là à être obligée de souper et de placoter avant, je ne suis pas certaine. Enfin, fais ce qu'il faut, Léa. J'y vais :

— Qui n'a pas voulu un jour changer le monde, qui ne s'est pas élevé contre les injustices n'a rien fait de sa vie.

Mon ombre humide réagit vivement.

— Hé ! C'est moi qui ai dit ça, hier, dans l'auto ! Tu me voles mes phrases.

Eh oui ! Je suis prête à descendre bien bas pour satisfaire mes besoins primaires. Mais ce n'est pas vraiment du vol puisque personne ne peut l'entendre. Je sers plutôt de trait d'union entre l'Homme, et ce qu'il dit d'intelligent, et le monde. Ma conscience éclate de rire devant cette prétention : avec les années, elle et moi, on a fini par bien s'entendre.

— ... Guy Carton, un thème revient souvent dans votre œuvre, la peur de l'engagement. Je pense en particulier à ce long poème dans lequel l'homme se sauve chaque fois qu'une histoire d'amour devient importante.

— C'est en fait un poème sur un homme qui croit qu'il aime les femmes alors qu'il les déteste profondément. Il refuse qu'une histoire d'amour devienne importante, parce qu'il refuse qu'une femme devienne importante. Il ne sait pas ce qu'il préfère : séduire ou abandonner.

Carton ! Ma main au feu que ce n'est pas son vrai nom. Mais cela dénote un certain humour. Un bon point pour lui. Sa façon de parler me plaît, elle est franche, pas prétentieuse du tout. Il a cependant ce petit je ne sais quoi qui fait que je n'ai absolument pas le goût de coucher avec lui. Dommage que mes hormones ne soient pas ancrées dans la partie intelligente de mon cerveau.

— ... justement, Jean Nault, vous parlez dans votre livre de ce que l'amour comporte de haine. Est-ce caractéristique de l'amour au troisième millénaire ?

— Le couple n'est plus une association pour la survie, mais la réunion de deux miroirs qui se renvoient continuellement l'image de l'un et de l'autre. On n'aime pas toujours ce qu'on y voit. La composante narcissique de l'amour n'a jamais été aussi évidente qu'aujourd'hui.

— ... Simone Simard, votre personnage de Sandrine refuse elle aussi l'engagement, car elle n'a de liaisons qu'avec des hommes mariés.

— C'est parce que les hommes mariés sont beaucoup plus faciles à séduire que les autres.

Et ça analyse et ça coupe en morceaux et ça fait des cases, des petites boîtes, et ça classe et ça explique, et pendant ce temps, nos regards se croisent, se posent l'un sur l'autre, nos interventions se transforment en parade du mâle devant la femelle qui affiche son plus beau sourire doublé d'une moue de désapprobation bien placée pour montrer qu'elle n'est pas encore conquise. Il y a ce qui se dit, ce qui se pense et ce qui se vit. Trois choses complètement et totalement différentes.

L'amour inatteignable. L'amour défaite. Le plus ardent des amours qui s'éteint et ne laisse qu'un souvenir amusé. Le confort de ne pas être aimé. L'homme qu'on abandonne. Le couple dont chacun des membres aime quelqu'un d'autre. Le couple qui tient parce que l'autre est toujours au loin. Le couple qui meurt pour la même raison. L'amour tristesse, l'amour souffrance, l'amour échec. On parle peu de ce qui se fraye un chemin en vous, envers et contre vous, et qui pour moi ne porte pas le nom d'amour mais bien de maladie mentale.

— … Et vous, Léa ?

— Heu…

Merde ! J'ai perdu le fil. L'Homme se penche à mon oreille :

— Elle demande si tu crois à l'amour.

— Ce n'est pas parce que je le ridiculise constamment que je ne crois pas à l'amour !

Bien dit. C'est exactement le genre de phrase qui provoque le conquérant en l'homme moderne. Il faut mêler les sentiments et le sport pour créer un intérêt.

« L'amour est ce qui nous fait vivre », dit l'un. « Mais non, l'amour est ce qui nous tue », dit l'autre. « C'est la grande illusion créée de toutes pièces par l'écriture. » « Mis à part la pensée abstraite, c'est ce qui nous distingue des animaux. » « Mais non, c'est ce qui nous en rapproche, puisque ce n'est qu'une justification sophistiquée à l'instinct de reproduction. »

L'Homme se penche de nouveau vers moi :

— C'est la rencontre des deux bonnes personnes, au bon moment, au bon endroit. Le problème est de réunir les trois conditions.

— C'est pas bête.

— Merci, me dit un Guy Carton rose de plaisir, croyant que je m'adresse à lui.

Je connais ce genre de poète maudit. Une phrase gentille et c'est la tache. Il va me coller tout le reste du Salon, je le sens. Je vais regretter de lui avoir trouvé l'air intelligent. Ce n'est ni la bonne personne, ni le bon moment, ni le bon endroit, comme dit l'autre.

Écoutez-moi donc penser ! Comme si j'avais le choix ! Elle fait sa difficile parce qu'elle se voit comme elle s'est toujours vue, jeune et belle. Mais, ma fille, les autres ne te voient pas comme tu te vois. Tu n'as d'autre choix que de baisser tes critères. Sérieusement, à part ça. L'homme qui veut se glisser dans mon lit doit penser qu'il fait une bonne action et que ce lui sera rendu au centuple, avec une jolie jeune fille de vingt ans. Ah ! Si le désir pouvait nous quitter en même temps que la beauté ! Ce serait si simple.

Se gaver de cinéma, de littérature, de voyages, de sorties avec les amies, être heureuse de ne jamais s'obstiner sur les repas, le gazon, l'éducation, l'argent. Les amoureux sont tellement chiches. Enfin avec moi. Je l'ai déjà dit, j'attire les pingres. Je ne sais pas pourquoi. Ils doivent penser : « Elle gagne bien sa vie, c'est parfait, on va partager, ça ne me coûtera rien. » Il faut dire qu'à l'âge qu'ils ont, ils payent en général déjà une pension. J'en ai eu un qui m'empruntait des sous, étant toujours cassé à cause de l'hypothèque et des frais du château de sa femme. Un autre dans le même cas qui, lors du partage de la facture, me disait : « Tu as pris un café de plus que moi. » Ils sont tous les deux retournés chez leur douce moitié et, d'après ce que je sais, filent le parfait bonheur. J'ai ravivé la flamme de leur vieux couple. C'est à ça que ça sert, une maîtresse.

Et je ne parle pas de celui qui a viré dingo et est parti au Nouveau-Mexique chercher son moi en compagnie des serpents à sonnette, des scorpions et d'autres comme lui qui se piquent avec des histoires de chaman.

Et je ne parle pas de celui qui est devenu alcoolo, qui était si drôle, mais qui a fini par rire tout seul de ses blagues qu'il était bien le seul à comprendre, son cerveau étant tellement imbibé que son crâne lui sert maintenant de seau.

Et je ne parle pas de celui qui était tout à fait normal mais ennuyant au point que ses enfants aimaient mieux se coucher que de se faire raconter une histoire.

Et je ne parle pas de celui qui souffrait du syndrome de l'échec, s'y précipitant à chaque succès par peur de ne pas être à la hauteur la prochaine fois. Comme en amour, quitter par peur d'être quitté.

Et je ne parle pas de celui qui me trompait allègrement.

Et je ne parle pas de celui qui trompait sa femme pour se prouver qu'il séduisait encore.

Et je ne parle pas de celui qui était tellement obsessif que lorsqu'il passait sa souffleuse, ça sentait le gazon frais coupé.

Et je ne parle pas des pires, de ceux qui voulaient « écrire » avec moi.

Et je ne parle pas de celui que j'aimais tant, qui m'aimait tant et de notre échec lamentable…

J'ai tous les souvenirs qu'il faut pour me dire que je suis parfaitement bien toute seule. Trois valises, quatre sacs verts, en fait, mon cœur est un cas de *container*.

Je l'observe, l'espèce de prof, et je me dis que oui, malheureusement, il est plutôt beau. Il doit séduire ses étudiantes une après l'autre. Est-ce qu'il se protège au moins ? Parce que moi, de ce côté-là, pure comme l'agneau qui vient de naître, examen médical récent qui le prouve. VIH positif ? Gay ? Il me regarde avec trop d'insistance. Ah ! Mais oui ! Je comprends ! Il veut se servir de moi pour que je le mette en contact avec mon éditeur !

— … merci beaucoup d'avoir participé à cette table ronde. Et j'aimerais laisser le mot de la fin…

Pas à moi, j'espère ?

— À Mme Léa Latulipe, tiens, vous qui avez tant parlé d'amour.

— Hum. Je ne peux pas dire les choses comme elles sont, mais seulement comme je les perçois. Et selon ma vision à moi, eh bien, je crois que c'est cette capacité d'être épris, touché, séduit qui fait notre grandeur, et parfois notre perte, et qui tisse les liens qui justifient notre existence.

Le public applaudit. J'adore. Ça flatte ce qui me reste d'ego.

On se lève. Pas de doute, il vient vers moi, la main tendue, le sourire enjôleur.

— Je n'aime pas ce gars-là, me souffle mon noyé.

— Ce n'est pas toi qu'il vient voir, je lui murmure entre les dents, essayant que ça ne paraisse pas trop que je parle toute seule.

Le voilà, il s'avance, il a des yeux fabuleux, d'une couleur indéfinissable, transparents, perçants, le regard qui pénètre dans le vôtre pour vous happer tout entière, le sourire encore plus charmant qu'un bébé phoque sur sa banquise. Il s'approche, me dit qu'il a aimé mes interventions, que ce serait chouette de prendre un verre ensemble après nos signatures.

— Va donc te coucher à la place. Si tu veux, je te fais un massage, me glisse mon ombre.

Trop tard, chéri. Tu as manqué ta chance. J'ai eu un instant de faiblesse qui m'a dangereusement attirée vers la nécrophilie, mais c'est fini. « Mais oui, ce serait bien, on pourrait peut-être manger aussi. » Et vas-y, Léa, *go for it*. Et... bon, c'est quoi encore ? Le voilà qui regarde par-dessus mon épaule. Elle n'aime pas ça, Léa, quand quelqu'un lui parle en regardant quelque chose qui a l'air plus intéressant derrière elle. Je me retourne. Ah ! non ! Pas elle ! C'est pas vrai !

Claudine !... Elle s'approche avec son plus beau sourire, le visage encadré magnifiquement par un capuchon de fourrure soyeuse teinte en bleu pour aller avec ses yeux.

Adieu veau, vache, cochon. Je n'ai plus aucune chance.

— C'est le bout du monde ici ! Comment ça va ? Je constate que tu t'es rendue avec tous tes morceaux. Monsieur ?

Elle tend la main à mon ex-futur amant qui en tremble tellement il est frappé par son joli minois et le dernier traitement blanchissant des dents de mon amie. Ex-amie ?

L'Homme constate ma déception :

— C'est le genre d'homme qui te demanderait de le regarder perdre ses cheveux pour le reste de ta vie. Tu n'as rien à regretter.

— Il reste Guy Carton.

— Guy Carton ? intervient l'animatrice. Je crois qu'il est déjà parti.

— Tu as moi ! dit mon noyé. Si tu veux, on peut jaser, jouer aux cartes.

Le pire, c'est que je crois que ce n'est même pas de l'humour.

— On mange tous ensemble tout à l'heure ?

Dans la bouche de Claudine, une question n'est qu'une affirmation polie.

Je m'entends répondre « oui, oui », alors que je sais très bien que je vais prétexter la fatigue pour me retirer dans ma chambre.

Tout de suite après être passée par la SAQ. Ma libido s'incline toujours devant un bon vieux bordeaux et après quelques verres de Château-Margaux, je n'ai absolument plus besoin d'un homme. Je n'ai plus besoin de rien, point. À part deux aspirines.

Chapitre cinq

La partie saignante de mon cœur

Du ketchup. Mes veines en sont pleines. C'est rouge, ça a tout l'air du sang. Mais c'est faux. Rien ne me touche, rien ne m'atteint. Personne ne me croit, on pense que je dis ça pour me rendre intéressante et entretenir mon image de cœur de pierre alors que, au fond, je suis molle. Mais non. Je suis dure. Je ne pleure jamais. Jamais, jamais, jamais.

Mon cœur est un bonbon fort, un poisson rouge à la cannelle trop piquant pour qui que ce soit.

L'air de. D'être au-dessus de ses affaires, d'être riche, baveuse, en parfait contrôle, enthousiaste, curieuse, sympathique, chaleureuse. Je suis tout ça, sauf riche.

Aussi, l'air de rien. L'air de mon âge. L'air d'être parfaitement bien dans ma peau, de traverser le temps sereinement, oubliant le passé, regardant le futur.

Ça m'écœure.

J'ai le cœur dur, la tête dure, mais je ne sais pas dire non. À ma grande honte, j'ai accepté de manger avec le couple en formation. J'ai déjà fait mon deuil de toute façon de ce qui n'était qu'un futur paquet de problèmes et il faut bien que je mange. Mon escorte permanente n'était pas d'accord, mais il suit. Je commence à prendre goût à cet homme qui ne peut faire autrement que de dire oui... J'ai peut-être créé l'homme idéal.

J'ai fait mon deuil, mais quand même : je vais porter ce que j'ai de plus beau et mettre un peu de cette crème lifting-tenseur-coup-d'éclat, censée m'allouer deux heures de jeunesse, échantillon offert non pas par le diable mais par une commis à la pharmacie et que j'attendais l'occasion d'utiliser. Si on ne peut pas les avoir, on va au moins le leur faire regretter un brin. Mon cœur ne saigne peut-être pas, mais il pompe à l'orgueil pas mal.

Mon noyé intime a eu la gentillesse d'ouvrir un de mes livres pendant que je m'habillais. Je ne l'ai pas encore vu bâiller. Il gagne des points. C'est la seule place où on m'atteint, la partie de mon cœur qui bat pour mon écriture. Mais encore là, je ne pleure pas : je rage. Il lève les yeux :

— Oh ! Ça te va très bien ce petit chandail rouge moulant.

— Merci. Les hommes aiment le rouge, non ?

— Oui. Les jupes aussi.

— Les bas-culottes en fourrure n'ont pas encore été inventés. Il fait moins cinquante, je te signale. Et puis, jupe ou pantalon, j'aurai le bas du corps caché par la table. Tu sais qu'il faudrait t'acheter des vêtements ?

— Où ? Et je n'ai pas d'argent !

— Tu ne seras pas le premier homme à qui je vais payer un beau chandail.

— Tu es gentille.

— Non, j'ai des principes d'hygiène vestimentaire.

— Tu es gentille quand même. J'aimerais ça, moi aussi, t'offrir un beau vêtement.

— Pourquoi ? Tu n'aimes pas les miens ? Tu trouves que je m'habille mal ? C'est ça ?

— Non, pour te faire plaisir, c'est tout.

Me faire plaisir ! Me faire plaisir, à moi ! À moi ? Juste comme ça, bête de même. Me faire plaisir. Gratis. On ne fait pas plaisir à Léa Latulipe ; on lui fait de la peine, on la fait chier, on lui coûte cher, on lui demande tout, mais elle n'est pas une femme à qui un homme fait plaisir. Hé, oh, non, cette partie-là, elle est colmatée, fermée. Je l'ai dit, je ne pleure jamais.

— Qu'est-ce que tu en penses ?

— Je te l'ai dit, déjà, tu es très jolie et je peux bien te le dire deux fois, ça ne fait pas de mal.

Je rougis.

— Non, je parlais de mon livre. Tu aimes ?

Tu es mieux, je t'avertis.

— C'est très étrange. Ton personnage de Gina qui passe sa vie à essayer d'organiser des élections dans tous les coins de la planète ravagés par les guerres, je m'y suis retrouvé. Comme si j'avais déjà fait la même chose. J'ai vaguement souvenir d'avoir aidé. Aidé parce que je ne pouvais pas vivre avec la conscience de la souffrance des autres. Et d'avoir arrêté d'aider parce que je ne pouvais plus vivre avec la souffrance des autres.

— Tu ne te souviens pas de ce que tu faisais exactement ?

— Non. Ce sont des images très lointaines, Timor-Oriental, Haïti, menaces de mort, enfer.

Ciel ! Mon ombre serait-il un Casque bleu ? J'aurais donc à mes côtés un vrai ange gardien !

— Je ne peux rien dater, c'était peut-être dans ma jeunesse.

— Et tu serais comptable aujourd'hui, légèrement décédé en allant chez un client faire son impôt.

L'Homme éclate de rire. Quel beau rire ! Il enchaîne là-dessus :

— Ou gardien de but, ou vétérinaire, ou musicien, ou plombier, ou vendeur itinérant, ou fonctionnaire.

— On trouvera bien un jour qui tu es.

— J'espère.

— Dans bien des cas, on est mieux pas. Allez. *Show-time !*

* * *

Dans l'avion vers Destinationville... Il s'éloignait puis s'est retourné, s'est avancé vers moi, me regardant intensément, s'est approché, penché, m'a embrassée, prise dans ses bras, serrée fort contre lui. Dans cette seconde où il a fait volte-face, j'ai vu dans son regard qu'il n'en pouvait plus, qu'il ne se battrait plus contre moi, qu'il était vaincu. Son désir avait tout de la rage, gardé qu'il était en cage depuis longtemps. Le contrôle était tombé, et ne restait plus qu'un appétit sauvage pour moi.

J'avais tant attendu cet instant : pourquoi n'étais-je pas heureuse ? Je lui donnais mon corps, je lui donnais mon cœur, mais mon âme refusait tout. C'est qu'elle a sa vie propre, mon âme, et refuse d'apparte-nir à un autre que moi. Elle est plus fidèle à moi que je ne le suis. Elle agit avant que j'aie la moindre conscience de ce qui est à venir, elle sait que je n'aime pas, ou que je n'aime déjà plus, alors que tout mon être ne s'en doute pas. Elle sait que je suis prise par l'amour plus que par un être. Et si elle se trompait ?

Croisé le couple qui occupe la chambre à côté de la mienne. Il est gros, elle est obèse. Il est chauve, elle est laide. Ils s'aiment visiblement. Je suis jolie, mince, et seule. Ce soir, ils vont faire l'amour, mêler leur graisse et leur sueur. Et moi, je vais mettre des bouchons dans mes oreilles pour ne pas les entendre. Demain, je me paye un banana split. *Au diable la minceur.*

L'amour finit toujours par finir, de toute façon, même les plus grands, et il nous reste un jour le souvenir flou d'un être pour lequel on a tant brûlé, dont on a peine à raviver les traits à travers les cendres.

Le jour où on réalise qu'on ne mourra jamais d'amour, on est enfin sauvé, même si on avance avec au cœur la tristesse infinie de savoir.

L'autre soir, pendant, oh, pas plus de trente secondes parce qu'il était très sollicité, un collègue m'a pris et caressé les mains. Un tout petit geste probablement très caractéristique de lui. Cet effleurement était d'une douceur telle que j'en suis restée, non pas retournée ou même séduite, mais étonnée. Comme si j'avais oublié la douceur d'une main d'homme, large et solide, dont la caresse est destinée à quelqu'un de précieux. Il ne saura jamais que ce moment, si bref, m'a donné, à mes yeux, une valeur inestimable. Il ne saura jamais que ce geste qu'il doit distribuer généreusement a été pour moi un souffle de vie. J'aurais peut-être dû le lui dire. Mais ma peur du ridicule, du rejet, m'enlève tout naturel. C'est dommage, car c'est ce qu'il y a de plus attachant en moi.

* * *

C'est ahurissant, renversant, amusant, ridicule, pathétique. Je les regarde et je me vois faire quand, moi, je veux séduire. Je ne peux pas croire que je me livre à de telles bassesses !

Dieu merci, Guy Carton s'est joint à nous, exceptionnellement, comme il a dit, vu qu'il avait un gros *per diem*. Ça me fait donc quelqu'un à qui parler. Parce que pour ce qui est de Claudine et d'André... Quand Claudine s'adresse à moi, c'est lui qu'elle regarde. Et ça m'amuse beaucoup. Elle aussi, je crois. Tout se fait dans la franche camaraderie, car on a quand même eu le temps de remettre toutes les deux les pendules à l'heure avant le souper.

— Ce n'est pas de ta faute si tu es plus attirante que moi, lui ai-je dit, magnanime.

— Écoute, je ne savais pas qu'il t'attirait.

Et c'est exact, elle ne s'en doutait pas.

— Ça ne m'intéresse plus, je te jure.

— Moi non plus ! dit-elle. Je voulais être gentille, c'est tout. Si tu savais comme ça me fait du bien d'être célibataire un peu !

Le sexe. « Quand on le fait, on y pense 10 % du temps. Quand on ne le fait pas, on y pense 90 % du temps. » Mon noyé m'a sorti ça, en allant au restaurant. Ça ne devait pas être trop trop fort de ce côté-là avec sa psy.

Donc. Claudine n'est pas intéressée. Mais il faut la voir aller ! La petite tête penchée de côté, avec l'auriculaire savamment posé au coin de la bouche, l'ongle joliment mordillé avec un sourire *natural born killer*. J'essayerais de faire la même chose, j'aurais juste l'air de quelqu'un qui a des tics nerveux.

Ma méthode à moi, c'est le regard. Je les regarde avec une telle intensité qu'ils se mirent dans mes yeux comme Narcisse dans l'eau, sans se douter qu'il peut aussi s'agir de Méduse. Ça ne marche pas autant que Claudine, mais des fois… Exemple, l'autre Carton pâte devant, il a l'air de trouver que je ferais une bonne muse. Il me regarde avec des yeux de cochon d'Inde devant des feuilles de salade. Ce ne sont jamais les bons. Mais il est drôle et d'agréable conversation.

Comme je ne veux séduire personne, je peux être tout à fait moi-même.

Les coudes sur la table, le corps avancé comme s'il allait bientôt grimper dessus, mon joli prof raconte :

— Quand je faisais des recherches sur la langue espagnole en Amérique du Sud, j'ai vu des crapauds aussi gros que des assiettes, avec des bosses sur le dos qui contenaient un liquide hallucinogène.

— Tu l'as essayé ? demande Claudine.

Pour une fois, elle se tait et laisse André parler, utilisant la tactique : je fais comme si tu étais intéressant.

— Oui, c'était terrible, un cauchemar éveillé, j'ai failli mourir.

Elle le regarde, tout de même attendrie par l'homme qui a vécu dangereusement. Je lance :

— Ouache ! Tu as léché un dos de crapaud ?

Mon ombre me glisse :

— Il a l'air distingué, mais c'est un gros dégueulasse !

— Non ! On a retiré le liquide avec des seringues !

À mon avis, ce n'est guère mieux :

— Vous vous êtes shootés au pus de crapaud ! ?

Et voilà Guy Carton qui s'enflamme :

— *Or moi, bateau perdu sous les cheveux des anses,*

Jeté par l'ouragan dans l'éther sans oiseau,
Moi dont les Monitors et les voiliers des Hanses
N'auraient pas repêché la carcasse ivre de... crapauds
Devant le silence de tous, il explique :
— Arthur Rimbaud. *Le bateau ivre.*
Une voix à mon oreille :
— Le vers est « ivre d'eau ».
J'éclate de rire :
— Ivre d'eau !
Carton est impressionné :
— Tu t'en souviens ?
— Euh... pas complètement, non.
— Rimbaud, c'est si loin, soupire André. Mais dis-moi, Guy, as-tu lu Machin ?

Ça y est ! Piqué dans son orgueil, André lance un concours. C'est à qui aura lu plus que l'autre les génies inconnus et découverts par eux seuls. Typiquement masculin. Ou critique.

Moi, je n'écoute pas, comme d'habitude. Les conversations des autres deviennent vite un fond sonore dont j'attrape au vol quelques bribes lorsqu'elles font écho à mes pensées parallèles. Je regarde mon noyé assis entre moi et André, et je me demande franchement d'où vient cet extraterrestre qui cite Rimbaud, a manqué de sexe et m'accompagne éternellement.

Éternellement ? Combien de temps durera cette hallucination ? Je n'ai pourtant pas bu de jus de crapaud à ce que je sache ! Tout à coup, ce petit pincement, là, juste sur le côté gauche, oh ! à peine, moins qu'une vibration de pagette, presque imperceptible, un petit toc qui me dit : « Tu penses que ton plus grand désir est qu'il disparaisse, mais ce serait triste, non ? »

J'haïs ça quand mon âme se mêle de me déstabiliser dans mes certitudes ! Ce doit être ça, le pire, dans la maladie mentale : être fou et vouloir le rester !

Bon, raccroche-toi à quelque chose de réel, Léa, ne te laisse pas attirer vers le confort des mondes imaginaires. Pense à Luc, qui d'ailleurs n'a pas appelé aujourd'hui — ça, c'est mon Ex, trop *cheap* pour payer un interurbain, il attend que, moi, j'appelle —, Luc qui m'oblige à fonctionner dans la réalité, réveil, déjeuner, école, lunch, souper, menaces diverses pour qu'il fasse ses devoirs, bain, lecture, dodo, câlins, massage des mains, visite avant de m'endormir pour remonter les couvertures, lui caresser les cheveux, l'embrasser dans son sommeil en espérant lui insuffler un rêve doux. Luc qui passe une fin de semaine sur deux avec son père depuis déjà des années, départ auquel je ne me suis jamais, jamais habituée, perdue dans la tristesse de la séparation, la culpabilité du désir de repos, d'une activité sans lui, perdue dans la promesse que je me fais d'en profiter pour sortir, louer un des dix films à voir absolument de l'année dernière et de l'année d'avant, faire du sport, me mettre en forme, voir mes amis, visiter cette expo « Comment, tu ne l'as pas vue ? C'est l'expo du siècle ! », ranger la maison, faire le ménage dans les manuscrits et les papiers de mon bureau — je ne trouve plus mes contrats ni mes comptes —, magasiner un peu, car j'ai parfois envie et besoin de vêtements même si je travaille chez moi — imaginez-vous que je porte du rouge à lèvres quand même car je me vois, moi, dans le miroir —, faire une commande d'épicerie, car il faut prévoir les repas du petit prince le midi à l'école et, comme je suis très à cheval sur l'alimentation, je fais tout maison, donc, aussi faire une soupe aux légumes ou du chop suey à congeler en portions individuelles, enfin en profiter pour occuper ces heures où mon enfant m'a quittée pour essayer de me prouver que ça me fait du bien d'avoir du temps à moi et constater que je ne fais que l'attendre en ne faisant pas la moitié de ce que j'avais prévu, même rien, sauf ce qui le concerne, lui.

Ça, c'est la réalité.

Mais me perdre dans la tristesse d'une séparation de deux jours d'avec mon fils signifie que je me berce dans le bonheur de l'avoir, de le savoir là, vivant, petit garçon grouillant que j'ai mis au monde un soir de janvier et de record de froid, que j'ai pris tout de suite sur moi, tout blanc, qui s'est mis à téter immédiatement, à vivre, à respirer, vie nouvelle qui après dix-sept heures de travail est apparue avec, dans ses petites mains, le reste de ma vie.

— J'ai été invité à donner un cours à la Sorbonne à l'automne. Vous connaissez Paris, j'imagine.

— Bien sûr, j'y vais régulièrement, répond Claudine. Vous habitez quel quartier quand vous y allez ?

— Qui ne connaît pas Paris ! lance Carton. J'y vais chaque fois que j'obtiens une subvention. Les poètes sont très en demande.

— Qui ne connaît pas Paris ! me dit mon noyé, l'air indigné. Seulement pas loin de sept milliards de personnes qui n'iront jamais.

Claudine essaie de m'impliquer un peu :

— Léa y a passé deux mois l'été dernier pour écrire.

— Ah oui ? s'étonne André.

Comme si j'avais l'air de quelqu'un qui n'est jamais sorti !

— Oui.

— Et tu as écrit sur quoi ?

— L'amour.

— C'est la ville pour ça !

— Je ne sais pas, j'avais besoin de partir, c'est tout, fuir le quotidien pour écrire.

Je n'ai pas vu Luc pendant un mois. Dur pour moi, les vacances avec son père.

C'est à ce moment-là que j'ai senti les choses basculer. Que l'intérêt de celui qui m'intéressait, et en principe ne m'intéressait plus, a changé d'objet, passant de la belle Claudine à la femme qui doit être une vraie écrivaine puisqu'elle écrit à Paris.

L'Homme a commencé à être nerveux. Et moi... Et moi. J'ai senti monter l'adrénaline. Je vais lui offrir de partager le vieux bordeaux que j'ai trouvé tout à l'heure. Ce sera très romantique, la jolie chambre, le froid, l'immensité, la coupe déposée lentement sur la table de chevet alors qu'enfin on se perd dans un baiser passionné. Non, un baiser long et tendre, je préfère. On a passé l'âge de s'arracher les vêtements sur le dos : ils nous ont coûté assez cher ! Puis, une vision d'horreur : si j'emmène un homme dans ma chambre, je vais avoir un témoin ! Un noyé frustré qui va s'asseoir au pied du lit et probablement commenter !

Et si je mange de l'ail, si je mets mes doigts en croix et si je crie : « Arrière, noyé ! » Est-ce que ça pourrait marcher ? Le faire fuir ? Disparaître ?

Il faut que je règle ça.

Et blablabla, le pittoresque de la rue des Martyrs, et blablabla, le marché de la Place Maubert, la fleuriste de l'île Saint-Louis, la station de métro Sèvres-Babylone, les passages couverts, le nouvel éclairage sur Notre-Dame, le restaurant breton du Xe, les pique-niques au canal Saint-Martin, bref les souvenirs, les coups de cœur, les bonnes adresses, la conversation de deux chanceux qui ont séjourné dans la même ville, ça aurait pu être Londres, Pékin, Caracas. L'Étranger qui rapproche deux étrangers.

On demande l'addition, chacun pense qu'il aurait dû inviter mais personne ne l'a fait, on sort sur un bout de planète qui semble s'être éloigné encore plus du soleil qu'il ne l'était il y a deux heures, on rentre à pied à l'hôtel, on se serre les mains, se souhaite bonne nuit. Claudine nous laisse au premier, ainsi que Carton passablement avancé vu le vin payé par le *per diem*. Et moi et André. Même étage. Chambres voisines.

Chacun devant sa porte niaise un peu avec sa clé, cherche quelque chose à dire, petit sourire, « bon bien, bonne nuit, à demain. À quelle heure tu déjeunes ? Tu signes ? ».

Mon cadavre pas du tout exquis se place entre moi et le mâle qui me tente terriblement et j'entends alors :

— C'est ça, bonne nuit !

Je n'ai d'autre choix que de remettre mes tendres projets à une date ultérieure, après que j'aurai parlé entre quatre yeux à l'Homme que j'ai eu un instant la faiblesse d'avoir peur de perdre.

En entrant dans ma chambre, je vois que la petite lumière rouge clignote sur le téléphone. Message.

« Allo, maman, j'espère que ça va bien. Je vais me coucher bientôt, je me suis lavé, ne t'inquiète pas, papa m'a fait mon traitement contre les poux, j'ai eu cinq fautes dans ma dictée, mais personne n'a eu tout bon. Je t'ai écrit un poème sur un cœur rouge pour la Saint-Valentin, "tu es comme un oiseau qui vole sur un nuage". Je t'aime. Bye. »

Je l'ai écouté quatre fois.

Adieu mises au point, arguments, chicanes, j'ai décidé que la journée était finie et de me coucher.

Avec l'écho d'un cœur rouge qui bat à deux mille
kilomètres.

Chapitre six

Le moyen le plus sûr de se libérer du poids du passé, c'est de prendre sur ses épaules le poids du futur

Il y a des matins où je me mettrais moi-même dans le bac de recyclage. On pourrait me transformer en enveloppe, en carton ondulé ou en bouteille de parfum pour mémères conscientisées. D'autres matins, je me lancerais dans la poubelle : rien à faire avec moi. D'autres encore, quand ça ne va vraiment pas fort, c'est dans le contenant à compost que je choisirais de finir mes jours, vu que je me trouve pourrie dans tous les domaines de ma vie.

Mère déficiente, écrivain dont le plus haut fait est de n'avoir jamais gagné un seul prix, femme incapable d'avoir une relation stable qui ne saura jamais ce que sont les joies du vieux couple, piètre cuisinière sauf pour les pâtes, mains pleines de pouces incapables de poser une tablette droite même avec un niveau, sportive de fin de semaine d'été, au courant de rien, ménagère douteuse, conductrice dans la lune, avec en plus les ménisques des mâchoires déplacés, punition probable du

Très-Haut pour toutes les méchancetés que j'ai dites dans ma vie. Parce qu'en plus, j'adore faire preuve de méchanceté crasse envers mon prochain. Pourrie à la racine.

C'est un problème, cette mâchoire! Si j'ouvre trop grand la bouche, crac! Ça craque et ça risque de rester pris. Ça relègue un peu loin les fantasmes de baisers passionnés. Je m'imagine en train d'embrasser un homme et, soudain, elle reste bloquée. Je la vois, Léa, la bouche ouverte, à se donner des coups de poing sur le menton en sacrant dans une langue pas claire pour la replacer. Ça casse l'atmosphère un peu.

Mais ce matin, je ne sais pas trop où je me mettrais. En cryogénie, tiens. Oui. C'est ça, pour me réveiller seulement dans mille ans. Peut-être aurai-je alors oublié qu'un jour, quelque part dans le nord du nord, en février deux mille et des poussières, je me suis éveillée couchée aux côtés d'un mort-vivant.

L'Homme avait profité de mon état de sommeil pour s'allonger dans mon lit.

Comme hier matin, je me suis dit que peut-être mon mauvais rêve était fini. Eh non! Il était étendu paisiblement, respirant doucement, régulièrement. Je n'ai pas osé bouger, sous le choc. Je l'ai écouté. Et ça m'a sauté en pleine face: pour la première fois de ma vie, j'aimais la respiration d'un homme dans mon lit.

Vrai, je n'ai jamais pu supporter. Celle de mon fils, pas de problème; celle de mon vieux chien qui ronfle, j'adore. Celle d'un homme par contre est un cauchemar complet. Pourquoi donc est-ce que je trouve rassurant ce souffle de l'Homme à la dérive?

Parce qu'il faut bien le dire, c'est exactement ce qu'il est. Mon compagnon ne sait pas d'où il vient, qui il est, où il va. Mon compagnon est un iceberg dont je ne vois qu'une petite partie émergée, glissant au gré des courants, avec en son cœur encore assez de chaleur pour réchauffer la banquise que je suis de son souffle délicat.

C'était simple. Pour régler ce désagrément de ma vie, je n'avais qu'à m'inventer un homme avec une respiration à mon goût. Pas compliqué. Ça prend juste un grain de démence et le tour est joué.

Mais le voilà qui se réveille. Qui me sourit. Me dit bonjour. Et qui veut quoi ?!!!

Jaser, messieurs dames. Il veut jaser ! Et allez hop ! Confidences sur l'oreiller avec un noyé. Bientôt, il va m'appeler ma chérie, peut-être ?

— Excuse-moi, Léa, j'ai beau ne plus être tout à fait de ce monde, je trouve les planchers encore trop durs. Alors je me suis allongé à côté de toi. Tu sais, je ne bouge pas, je me suis dit que je ne dérangerais pas.

— J'ai juste failli mourir d'un choc nerveux en te voyant là, mais j'ai survécu, en fin de compte. Bien dormi ?

— Assez, compte tenu du fait que tu ronfles un peu. Tu savais ça ?

— Moi ? Moi, je ronfle ? T'es pas gêné !

— À peine, je te jure.

— Je ronfle ! Ah ! ben là, je suis bonne pour la charrette du guenilloux !

— Pourquoi tu dis ça ?

— Je me comprends.

L'Homme est installé sur le côté, légèrement soulevé, la tête appuyée dans sa main. Il a dormi habillé, mais sans son manteau. Il me sourit. Je quitte ma position allongée sur le dos, me place sur le côté face à lui. Un beau petit couple, la femme qui ronfle et l'homme qui coule.

Rares sont les hommes qui restent au lit le matin pour placoter un brin. D'habitude, ils sautent en bas les yeux à peine ouverts, ou après avoir fait l'amour silencieusement. Mais bon, tant qu'à l'avoir inventé qui respire selon mes critères étroits, aussi bien l'avoir créé jasant itou.

— Tu as fait de beaux rêves, Léa?

C'est la première fois de ma vie qu'un homme me demande ça sérieusement. Non, le père de mon fils s'intéressait à mes rêves. Il me faisait mon café chaque matin et m'appelait quand mes rôties étaient sur la table. J'étais touchée qu'il ait cette attention pour moi. Il m'aimait vraiment. Je ne le croyais pas, à l'époque.

— J'ai rêvé à ma voiture. Elle n'avait plus rien, plus de carrosserie, plus de sièges sauf le mien, plus de pare-brise, même plus de roues. Seulement un volant. Je ne savais comment j'allais faire pour avancer. Et toi?

Les rêves des autres ne m'intéressent pas une miette, mais je lui rends la politesse.

— À rien. Il y a longtemps que je ne me souviens plus de mes rêves. Comme mon ex les analysait tout le temps, j'ai fini par protéger ce qui m'appartenait en oubliant systématiquement.

— Tu avais juste à ne rien lui dire.

— Impossible, elle avait le tour de me faire parler.

— Elle était belle?

— Je crois. Enfin, je devais la trouver belle parce que je l'aimais. Si je me souviens bien, elle avait de grosses cuisses.

— Tu as vraiment une mémoire très très sélective.

— Comment puis-je me souvenir d'elle, de mes enfants, d'images de ma jeunesse, mais de rien de ce qui est moi?

— La réponse facile serait que tu te fuis toi-même.

— Et la vraie réponse ?

— Je ne sais pas.

— Et toi, qui es-tu ?

— Léa, une femme allongée près de toi.

— C'est quoi une femme ?

— Une personne de sexe féminin.

— C'est concis.

— D'autres questions ?

— Quel est ton horaire d'aujourd'hui ?

— Je signe toute la journée.

— Tu aimes signer ?

— C'est la seule chose que j'aime.

— C'est flatteur et un peu narcissique, non ?

— Et alors ? Quand ça fera vingt-cinq ans que tu travailles seul chez toi, tu m'en reparleras.

— Je ne sais pas si je pourrais vivre enfermé tout seul.

— Je ne peux pas vivre avec les autres, donc je n'ai pas le choix !

— Mais tu étais si gentille et sympathique et aimable avec tout le monde, hier !

— Ça ne m'empêche pas d'être sociable.

— Tu crèves d'envie d'être aimée, ça se voit. C'est le problème de tous les artistes, non ?

— Épargne-moi les lieux communs, veux-tu ? C'est le problème de tout le monde, point.

— Aimer. Voilà un autre problème…

— Tu sais ce que c'est, toi ?

— N… on. Toi ?

— Oui. Je connais ce qu'est l'amour inconditionnel, fusionnel, éternel, le don de soi à un autre sans qu'il s'agisse d'un échange déguisé, l'autre pour qui on veut le bonheur, même si cela vient parfois en opposition avec le nôtre, l'autre à qui on offrirait le monde, qui fait partie de notre vie à chaque instant, qui est dans nos projets, la douleur qui transperce le cœur à l'idée qu'il pourrait disparaître...

— C'était qui?

— Était? Est! Il s'agit de mon fils.

— Oui, bon, mais tu sais que ce n'est pas de cet amour-là dont je parle.

— C'est cet amour-là qu'on rêve de vivre avec un homme.

— Ce n'est pas possible, tu le sais.

— Oui. Pourquoi?

— Parce qu'il s'agit d'un adulte, parce qu'on a toujours une porte de sortie, parce qu'on n'en est pas responsable.

Soupir.

— Tu as un rapport d'autorité avec ton fils, c'est toi qui mènes.

J'éclate de rire:

— Il n'y a rien de moins sûr. Tout le monde qui nous connaît sait que c'est le plus jeune, le chef.

— Peut-être que tout le monde le pense. Mais tu sais, toi, que ce n'est pas le cas.

Évidemment. Il n'y a pas de relation du genre le chef, le sous-chef, le pouvoir. Il y a une mère avec son fils, qui essaie de lui donner ce qu'elle peut. Trop? Jamais trop. Qui essaie de faire de lui un enfant heureux, équilibré, avec l'espoir que cela continuera plus tard.

« Dis-moi, Luc, qu'est-ce qui est le plus précieux pour toi? » lui ai-je demandé un soir, en lui souhaitant bonne nuit. Spontanément, il a répondu: « Toi, maman, mes parents. » Puis, il a réfléchi un instant. « Non, ce n'est pas toi, ni papa. Vous, vous êtes le plus précieux en deuxième. Le plus précieux numéro un, pour moi, c'est d'être en vie. »

À ce moment-là, j'ai su que j'avais un enfant heureux. Que jusqu'alors, j'avais réussi, avec son père, à lui donner du bonheur. C'est ça, aimer, donner du bonheur.

J'ai toujours voulu que Luc ait dans la réalité la place qu'il a dans mon cœur, l'impliquer dans les décisions, lui demander son avis, qu'il sache que jamais, jamais, je ne l'abandonnerai, même si un homme fait irruption dans ma vie. Que nous sommes deux, que personne ne nous séparera, que la mère vient avec le fils.

Ça élimine pas mal de soupirants. C'est ce que j'appelle « la sélection naturelle ».

— Aimer à tel point que tu as envie de t'oublier complètement pour l'autre… dis-je.

— Il ne faut jamais faire ça !

— J'ai dit « avoir envie de ». Pas le faire. Je ne suis pas stupide à ce point-là.

On frappe.

— C'est moi ! Tu es réveillée ?

Claudine.

— Une seconde !

Je me lève pour lui ouvrir. Et je m'aperçois que je n'avais pas verrouillé. Avais-je le secret espoir que mon voisin de chambre me rejoigne ? Ça doit. Je suis stupide à ce point-là.

Elle entre.

— Je sais que c'est tendance, le Grand Nord et le blanc à perte de vue, mais franchement, j'aime mieux le bon vieux bleu à perte de vue d'un Club Med sur le bord de la mer. Tu as bien dormi ?

Elle se jette sur mon lit. L'Homme reste là, à quelques centimètres d'elle, à la détailler du regard, à tendre sa main pour la toucher.

— Ah non, par exemple !

— Si mal que ça ?

L'Homme retire sa main. Claudine continue, comme si de rien n'était, enfin parce que, pour elle, rien n'était.

— J'ai fait des cauchemars toute la nuit. Pour moi, le caribou n'était pas frais. C'est joli, ta chambre. La mienne donne sur l'aréna, mais ce n'est pas grave, vu qu'il fait jour à peu près deux heures. Je ne pourrais pas, non, je ne pourrais pas vivre dans le noir et dans le froid. Je ne vois pas l'intérêt. Enfin, s'il y en a qui aiment ça. Ça fait rider plus vite vu que tu es toujours là, les yeux plissés, je n'avais jamais réalisé qu'on pouvait réellement avoir froid aux yeux. Remarque qu'il y a un petit côté romantique à tout ça. À propos, tu es toute seule ? Ça avait pourtant l'air de marcher votre affaire.

— Finalement, j'ai eu un empêchement.

— Un quoi ?

— Un coup de fatigue. Maudite ménopause !

Ce que j'aime, dans la ménopause, enfin la préménopause, c'est qu'elle est la grande responsable de toutes mes misères. Vrai. Ce n'est pas moi qui ai de la peine, des impatiences, des angoisses, des moments de panique, des moments d'exaspération, des envies de tout jeter, des périodes de découragement, des rages de sucre, des bouffées de chaleur, des fantasmes de déménagement dans un pays exotique, des crises dépensières, des nuits de douze heures, des pertes de mémoire, des mains pleines de pouces, une bedaine, des cheveux ternes et, en plus, des hallucinations, non, tout ça, c'est la faute de la ménopause ! Plus longtemps elle

durera, moins j'aurai à vivre avec mon éternel sentiment de culpabilité. D'ailleurs, voilà bien une très
grande différence entre les femmes et les hommes. Je
ne parle pas de la ménopause, c'est évident qu'elle
nous sépare, je parle de la culpabilité. Quand quelque
chose ne tourne pas rond, les femmes ont tendance à
dire : « Qu'est-ce que j'ai fait ? » Alors que les hommes
se demandent : « Qu'est-ce que les autres ont fait ? »

— Tu me rejoins à la salle à manger pour déjeuner ?
lance Claudine.

— Cinq minutes.

— O.K.

Elle sort. L'Homme étendu dans mon lit arbore un
petit sourire dans lequel je peux lire écrit en grosses
lettres le mot convoitise.

— J'aimerais bien faire un petit tour dans son cerveau à elle aussi. Entre autres...

— Meilleure chance dans une prochaine vie ! Savais-
tu que les hommes n'utilisent qu'une seule partie de
cerveau à la fois ? Contrairement aux femmes qui utilisent les deux ?

— Non. C'est vrai ?

— Et que le cerveau des femmes contient plus de
matière grise que celui des hommes ?

— Donc, ça vous prend deux fois plus d'efforts pour
arriver aux mêmes résultats que nous ?

— Ce n'est pas tout à fait ce que je voulais dire.

Non mais ! Il commence à prendre ses aises,
l'Homme, nonchalamment étendu dans mon lit. Je gage
qu'il tient pour acquis qu'il va dormir dedans ce soir !
Bientôt, il va se plaindre que j'ai les pieds froids ! Ma
grande expérience m'a appris que les hommes passent
très vite de ce qu'ils aiment en vous à ce qui les énerve.

Des compliments (mal tournés parce qu'ils ne sont pas habitués d'en faire) sur vos qualités, à montrer du doigt celles qui vous font cruellement défaut. Bref, une fois qu'ils vivent avec vous, ils rêvent d'une autre personne ! Bon, dans un certain sens, nous aussi, on finit par rêver d'un autre. En fait, l'amour dure tant qu'on ne voit pas l'être aimé tel qu'il est, mais comme on l'a idéalisé. Ouais. Pas brillant ce que je viens de dire. Je pense que c'est le contraire, que l'amour dure seulement si on voit l'autre tel qu'il est et qu'on le prend comme tel.

Enfin, ce sont des suppositions, car dans mon cas, ça n'a jamais duré.

Donc. J'ai des petites nouvelles pour l'illusion qui respire : je ne sais pas où il dormira, mais certainement pas avec moi. D'autant plus qu'il semble que je sois un deuxième choix ! Pire, pas un choix du tout ! Je ne peux pas lui faire monter un lit de camp. Je trouverai bien quelque chose. Compte sur moi, chéri.

— Que dirais-tu d'une bonne douche, mon cher ? J'ai dans ma valise un t-shirt *extra large* que j'ai volé à mon Ex. Je l'apporte toujours pour aller à la piscine au cas où il y en aurait une. Tu le mettras.

— Oui, patron.

J'adore mon nouveau surnom.

* * *

Train en route pour le Centre d'interprétation du Bout du Monde... Étrange sentiment que celui qu'on ressent quand on regarde un homme dont on a été follement amoureuse et qu'on se dit « je ne l'aime plus ». Retour au premier regard, celui qu'on a eu quand on ne savait pas qu'on aimerait, quand on entre dans une histoire par une porte autre que celle du coup de foudre. Soupé avec mon ex-amant si tendre. C'était simple, facile, rien à prouver, à sauvegarder. Beaucoup de rires. Voilà ce que j'attends d'un homme : qu'il me fasse rire au moins une fois par jour. Lasse des sérieux, des déprimés, des intellos sans humour. Sourire aux lèvres, ce matin, la vie continue, belle, surprenante, quand on sait qu'on est soi et que rien ni personne n'ébranle ce qui a été si difficilement construit. Sourire quand on réalise que tout passe et se termine quand cela doit se faire, qu'on n'a parfois qu'à se laisser entraîner jusqu'à ce que tout devienne évident. Vécu dix jours dans les vapeurs de bons vins, l'odeur du printemps hâtif, la beauté, la magie des lieux et les chers, chers amis. Il était le genre d'homme qui ne répond que par des questions — « Pourquoi tu me demandes ça ? Penses-tu vraiment que je suis capable de faire ça ? Qu'est-ce qui te fait penser ça ? » —, croyant ainsi déjouer les femmes. Lasse du louvoiement, du manque de franchise. Il y a ces hommes qui ne peuvent qu'aimer à distance. Il y a ceux qui paniquent dès que vous sortez de leur champ de vision. Il y a ceux qui veulent vous voir repasser leurs bas et ceux qui ne vous demandent rien mais qui vous font honte parce qu'ils sont froissés jusqu'à leurs bas. Il y a ces hommes qui s'accrochent à une femme parce qu'ils ont abandonné, parce qu'elle est la plus forte. Il y a ceux qui vous haïssent parce que vous êtes la plus forte. Il y a ceux que l'amour rend heureux et câlins en privé, et odieux en public, car aimer est une défaite, et il y a le contraire, ceux qui aiment tant devant les autres, mais à deux sont détestables. Il y en a tant. De tous les genres, sauf celui qui pourrait me convenir. Mais il faut bien que je réalise

que je ne conviens moi-même à personne. Faire ma vie,
faire uniquement ce dont j'ai envie, comme j'ai tou-
jours, toujours fait.
   Enfin trouvé la tombe de Lui. Un choc. Je l'ai prié de
me pardonner pour tout. De me pardonner d'être ce
que je suis et qui est si lourd, si lourd à porter, plus
lourd pour moi que pour n'importe qui d'autre.

* * *

« Regarde comment un homme mange, tu sauras
comment il fait l'amour. » Je ne sais d'où vient ce dic-
ton, mais il s'avère être dans la pratique une activité
fort distrayante.

Il y a ceux qui dévorent en trente secondes ce qu'il y
a dans leur assiette et ceux qui prennent tout leur
temps. Ceux qui jouent dans leur nourriture. Ceux qui
ne prennent que quelques bouchées. Ceux qui parlent la
bouche pleine. Ceux qui picossent, indifférents. Ceux
qui mélangent petits pois, patates et viande et en font
une gibelotte dégueulasse. Ceux qui mangent leurs
fruits avec couteau et fourchette et ceux qui croquent
dedans avidement avec le jus qui dégouline. Il y a ceux
qui mangent debout, ceux qui font du bruit avec leur
corps. Il y a ceux qui sont difficiles et dédaigneux, et
ceux qui sont prêts à goûter à tout du moment que ça se
mange. Il y a ceux qui mangent en bavardant et ceux
qui se concentrent sur leur plat. Ceux qui mangent pour
se nourrir et ceux qui apprécient la bonne chère. Ceux
qui mangent avec leurs doigts et ceux qui se lèvent de
table immédiatement après leur dernière bouchée.

Quand je suis toute seule au restaurant, regarder les
hommes manger est donc un passe-temps très amusant.

Qui me fait parfois presque éclater de rire et passer pour la folle de la rue.

André, qui est assis en face de moi, a, ma foi, une façon de manger qui, disons, annonce bien. Il déguste, mange avec appétit, en redemande, nettoie son assiette avec son pain. Il semble près des besoins de son corps. Garde-t-il en tête les besoins de l'autre corps ? Il n'y a pas cinquante-six façons de le savoir…

Claudine babille :

— Il faut que je m'achète des lunettes d'esquimau, vous savez, celles en os ou en bois avec juste la petite fente, sans ça, je vais devenir aveugle, c'est sûr, avec ce soleil qui brille sur la neige. Je commence à penser que c'est mieux la noirceur, finalement. Encore un peu de café, s'il vous plaît, mademoiselle. Merci. Il est pourri, pour moi, ils le font avec de la mousse de toundra. Est-ce qu'on peut acheter des souvenirs ici ? J'aimerais bien des bottes en loup marin, mais au retour je vais me faire garrocher de la peinture. C'est comme aux Îles, il y a une fille qui fait des manteaux de phoque magnifiques, mais j'aurais à peine le temps de descendre de l'avion qu'un maniaque me sauterait dessus pour écrire « sauvez les baleines » dans mon dos. Peut-être un bijou. En caribou, tiens, je suis certaine qu'il y a au moins une personne qui en fait, il y a des troupeaux pas loin, non ? Il paraît que c'est une vision extraordinaire d'ailleurs, un troupeau de caribous qui passe, ils sont des milliers. En avez-vous déjà vu dans les zoos ? En été ils perdent leurs poils par plaques, c'est laid vrai. Vous signez toute la journée ?

— Oui.

— C'est long quand même, je ne peux pas croire que vous faites ça gratuitement. Ils payent les employés et les tapis, non ? Pourquoi pas vous ? Je devrais me mettre là-dessus. Les gens, c'est de vous qu'ils veulent un autographe, pas de la personne à la caisse. Vous devriez faire la grève : aucun auteur ne vient dans les salons du livre tant qu'on ne les paye pas. Je te dis que ce serait pas long que vous seriez budgétés. Le problème, évidemment, c'est la solidarité, mais vous êtes carrément exploités. Alors que moi, je suis payée pour être ici ! Fou de même. On paye grassement les gens qui sont censés aider à faire rayonner la culture, mais jamais ceux qui la font, la culture. Je me demande si je peux faire une randonnée en traîneau à chiens, ce matin. Après tout, je n'ai pas à être au Salon tout le temps. Ça va bien la vente de ton livre, André ?

— Oui, j'en ai vendu cinq, hier soir. Mais je ne compte pas là-dessus pour vivre, j'ai mon salaire de prof. Et toi, Léa ?

— J'en ai vendu dix, hier.

— Et tu n'as signé qu'une heure, c'est très bon !

— Ça me fait un gros dix dollars de l'heure. Contrairement à toi, je compte sur mon écriture pour vivre. Et vu que j'en ai jusque-là d'être considérée comme un service public, je vais bientôt changer de carrière.

— Pour faire quoi ?

— Recevoir un salaire pour dire aux autres comment écrire. Et peut-être adapter mon dernier roman pour le cinéma. Ça me paiera pas mal plus cher que de l'avoir écrit !

Oui, fou de même.

Voilà que je vois arriver Marcel, le beau jeune président avec des pics dans les cheveux, tout souriant :

— Quand vous êtes prêts, je vous emmène. Habillez-vous chaudement, il fait plus froid qu'hier. Si vous voulez, on fait un détour par le glacier. Vous allez voir comme il est beau au soleil.

Ce que j'aime dans ces endroits éloignés, c'est que j'y suis reçue en reine. Reine des bas-fonds, d'accord. Reine de pas grand-chose, c'est sûr, reine du vide, je crois, avec pour seule couronne celle que j'ai dans la bouche et un crayon en guise de sceptre. Le carrosse royal est une fourgonnette louée et le chauffeur un gars gentil comme tout. Le royaume brille de toutes parts, englobe la neige, le glacier, les icebergs et s'étend au-delà du ciel bleu froid jusqu'aux limites du pouvoir de mon imagination. Reine des neurones, reine des voyelles et des consonnes.

Reine du papier, reine de papier, reine sur papier.

Bientôt, pour voyager, j'aurai juste à me faxer moi-même.

* * *

Les gens sont toujours étonnés d'apprendre que ce qu'ils ont mis trois heures à lire, vous avez mis plus d'un an ou deux à l'écrire. Rien n'est plus difficile à atteindre que la simplicité. Dans tout. Bon, voilà que je simplifie un peu trop.

Mon paquet de cendres en devenir m'a tenu compagnie depuis ce matin. Je l'imagine transformé en urne funéraire et ça me fait de la peine quand même. Il est vraiment gentil et meuble les moments creux, lorsque personne ne vient vous voir, quand on détourne la tête en faisant semblant que vous n'êtes pas là, parce qu'on n'a pas envie de dire « non, je ne veux pas acheter votre livre ».

Il y a cependant tous ces enfants grouillants en quête de signets autographiés qu'ils échangeront comme des

cartes de hockey, peu importe de qui ça vient, ces petites têtes souriantes, confiantes, effrontées, énervées,
drôles, lâchées lousses parmi les stands, et qui jouent
aux grands dans cette heure de liberté, rassurés, il va
sans dire, par la présence d'un prof qui savoure lui
aussi sa liberté.

Depuis des années que je voyage, j'ai remarqué
qu'ils embellissent, ces enfants. À moins que j'aie
changé mon regard depuis l'arrivée de Luc. Luc, mon
jeune chiot heureux dans sa bande, mais qui se laisse
encore bercer et embrasser sur les cheveux.

Du côté d'André, il n'y a pas d'heures creuses. Pas
une femme qui ne s'arrête devant l'homme séduisant et
quelque peu maniéré, qui les change certainement de
tous ces hommes du Nord qui doivent, c'est ce que
j'imagine, ne lire que la revue *Chasse et pêche*.

— Tu n'en sais strictement rien ! me dit mon compagnon. Tu tombes dans le cliché.

— O.K. Disons qu'ils lisent en plus *Nos amis les
chiens*. Je suis certaine que le notable le plus populaire
de la région, c'est le vétérinaire.

— Tu as quelque chose contre les vétérinaires ?

— Absolument rien. Selon mes critères à moi, un
homme qui aime les animaux ne peut pas être mauvais.

— Ou une femme.

— Oui, bien sûr.

— Donc, tous ces amateurs de chiens ici présents ne
peuvent être que de braves hommes.

— Hum...

— Tu les juges un peu vite, non ? Marcel est charmant comme tout. Et tu es dans un salon du livre, je te
signale, pas dans un salon du camping.

— O.K. Ils ont peut-être une qualité ou deux.

— En fait, tu ne connais rien à ces hommes, tu as un préjugé négatif au départ. Je pense même que tu ne connais rien de rien aux hommes !

— Une petite minute, là. Je ne connais rien aux hommes ? Moi ? Je ne vais pas te raconter ma vie privée, chéri, mais là, tu te trompes et pas à peu près.

— J'aime que tu m'appelles chéri.

— C'est une façon de parler, ne saute pas aux conclusions. D'autant plus que tu es à moitié mort.

— As-tu déjà dit « chéri » sérieusement à quelqu'un ?

— Qu'est-ce que ça peut faire ? Ça pourrait tout aussi bien être mon chou, mon cœur, mon lapin.

— Tu ne réponds pas, tu m'envoies une question.

— Bon, si ça peut te faire plaisir, hum, attends, lui, je l'appelais comment donc ? Ah oui, l'homme de ma vie, c'est pas mal, et lui, non, je ne me souviens pas, et lui, mon amour ? Non, je n'ai jamais appelé un homme mon amour, mon fils seulement. Attends, non, chéri, personne, je pense. De toute façon, c'est une question culturelle. Les Français disent beaucoup « chéri », à tort et à travers d'ailleurs. On pourrait mettre « chose » à la place, ce serait parfois du pareil au même. Et alors ? Ça ne veut rien dire ! Et puis je ne sais pas comment on s'est rendus à ce sujet puisqu'on parlait de chasse et pêche, non ?

Seigneur ! Il ne va pas commencer à me faire la leçon, j'espère ! Je vais le retourner d'où il vient et vite à part ça ! Ce n'est pas un noyé errant qui va me dire ce que je connais et ce que je ne connais pas. Il ne sait même pas son propre nom !

En tout cas, il n'essaie pas de me faire du charme ! J'ai remarqué que, quand un homme vous flirte, il va toujours dans le sens des femmes en général, c'est-à-dire qu'il est d'accord avec vous pour dire que les hommes sont des minables, des profiteurs, des manipulateurs, des menteurs, sauf lui, et que les femmes sont à l'évidence très supérieures à la moitié mâle de l'espèce qui n'est guidée que par le désir de semer ses gènes aux quatre vents. C'est la bonne vieille technique que j'appelle descendre les autres pour mieux se remonter soi-même.

— O.K., si je n'y connais rien, dis-moi donc, toi, c'est quoi un homme.

— Bonne question. Un homme. Oui. Un homme, c'est...

— Alors, Léa, ça va ?

Voilà André qui s'est approché sans que je le voie venir.

— Oh ! Oui. J'étais en train de me poser une question.

— Laquelle ?

— C'est quoi, un homme ?

— Hum. Un homme. Je crois que c'est fondamentalement un être incapable de couper avec sa mère et qui sera éternellement jaloux du pouvoir des femmes de donner la vie.

Il n'y va pas avec le dos de la cuiller ! S'il pense vraiment ça, il a une belle opinion de lui-même.

— C'est comme ça que tu te perçois ?

— Dans une moindre mesure. Oui, je crois.

— Tu n'aimes donc pas les femmes.

— Oh ! que si ! Je ne suis entouré que de femmes. Mes amis sont des femmes.

Parfois, les hommes incapables de régner parmi leurs semblables s'entourent de femmes, par dépit. Et non par amitié. Mais je ne vais pas lui dire ça avant de coucher avec lui ! Ça diminuerait passablement mes chances. Et puis ce n'est peut-être pas son cas. J'espère.

Force m'est de l'avouer : je ne peux aimer vraiment qu'un homme qui soit fier de l'être. Un homme heureux, en somme.

Aimer ? Sois honnête, Léa, au fond de toi, tu les méprises, les hommes. Tu n'es pas mieux. Pourquoi donc es-tu à la recherche sempiternelle d'un amoureux ? Ce n'est quand même pas pour semer tes gènes ! Tu en fais tout un plat mais, réellement, tu en as eu combien d'amoureux depuis l'arrivée de Luc ? Deux ou trois qui totalisent six mois en tout et pour tout ! Ça ne fait pas une grosse moyenne par année, échelonné sur neuf ans ! Tous tes jugements arrêtés sont basés sur un passé radieux pas mal lointain, quoi que ta mémoire t'en dise et quoi que tu veuilles bien afficher en public. Mon Ex a raison : si jamais un homme, un jour, veut de moi de façon permanente, c'est qu'il aura besoin d'une infirmière. Tu vas passer directement de la poussette à la chaise roulante, ma vieille.

Luc. Qui est un futur homme. Tu l'aimes de toute la force de l'amour dont tu es capable, et ça signifie immensément plus que ce à quoi tu t'attendais de toi-même. Tu le trouves magnifique, si vivant, si merveilleusement parti déjà à la conquête du monde ! Si tendre, si aimant, si turbulent, si séducteur, si casse-cou, si courageux, si peureux, si heureux, si fier d'être un garçon. Peut-être est-il en train d'ouvrir une brèche dans ce mépris.

Ça doit être tes hormones encore.

— Léa ?

— Excuse-moi, j'ai eu un moment d'inattention, ça m'arrive. On parlait de ?

— Des femmes.

— Justement, tu as une cliente, André, tu ferais mieux d'aller à ton stand.

— La pause est terminée. Cet après-midi, j'ai des entrevues à la radio et à la télé. Et toi ?

— Rien.

— Ah… On se voit pour dîner, d'accord ?

Il file vers son admiratrice.

— « On se voit pour dîner, d'accord ? » Léa, tu ne vas pas m'obliger à passer une soirée avec lui encore une fois !

— Et pourquoi pas ? Tu as juste à te retourner, à regarder le mur, à lire, à te mettre des bouchons dans les oreilles, je ne sais pas, trouve quelque chose. Il va falloir, parce que je n'ai pas seulement l'intention de dîner avec lui. Et tu ne me feras pas le coup d'hier, oh que non ! Tu peux t'installer dans le bain, non ?

— Ou… i…

— C'est réglé.

— Il est au courant ?

— Veux-tu gager ?

Un homme s'approche, délicieusement rond, on voit à peine ses yeux noirs dans la fente de ses paupières rieuses.

— C'est vous, Léa Latulipe ? Je voulais vous dire à quel point j'ai aimé votre livre ! C'est ma femme qui l'a acheté, mais moi aussi je l'ai lu. Et j'ai beaucoup ri. Je l'ai apporté. Pourriez-vous le signer ? Pour elle et moi ?

Et voilà. Il n'y a plus de clichés, de mépris, de jugement à l'emporte-pièce, il n'y a plus de chasseurs idiots, de séducteurs véreux. Il y a un homme intelligent, cultivé, ouvert, au goût certain malgré l'habillement style ce qu'il y avait au-dessus de la pile, sympathique, avec une pointe d'admiration dans la voix. Marié.

Il n'y a plus de changement de carrière non plus. Ça fait si chaud au cœur, cette petite phrase, ça vous fait sourire à vous creuser des pattes d'oie jusque derrière la tête, ça vous transporte, vous rend heureuse, ça justifie votre vie, ça vous rend plus riche d'un à deux dollars, ça dépend du contrat, ça vous émeut et vous ramollit. Pour un moment.

— Léa !

Voilà une Claudine toute fébrile qui fait son entrée.

— Léa, es-tu bien assise ?

Je suis en train de me transformer en chaise.

— Tu ne me croiras pas ! Oublie mon passé, je viens de rencontrer mon avenir.

— Encore ? !

— Enfin, mon avenir immédiat. Je viens de tomber complètement, éperdument, follement amoureuse d'un Amérindien splendide !

— Il te manquait ça dans ton album...

— Ça n'a rien à voir, ce n'est pas une question de collection. Il est... il est... j'en suis toute à l'envers !

— Tu l'as rencontrée où, cette perle ? Dans ta randonnée ?

— Non, dans un musée.

L'Homme éclate de rire :

— Une bande de lecteurs de *Chasse et pêche*, tu disais ?

— Un visiteur ?

— Non ! Le conservateur !

L'Homme rit de plus belle.

Claudine se tire une bûche :

— Je sais, c'est lui.

— Tu dis ça chaque fois ! Rappelle-toi aussi que tu détestes le froid.

— Un détail.

La voilà repartie ventre à terre. Je la trouve complètement folle, et en même temps je l'envie. De pouvoir tomber amoureuse de tout son être, rejetant tout ce qu'elle a connu pour plonger dans l'avenir avec tant de confiance et si peu de mémoire. D'être amoureuse au point de tenir sa valise prête, de troquer son maillot de bain contre un anorak en peau de pingouin. De balancer sans gêne ses principes et ses théories, qui ne lui servent au fond qu'à justifier en sa faveur les échecs. Un homme dans un corps de femme. Non, une femme, libre, confiante, optimiste, résolument tournée vers l'avenir, l'éloge de l'amour et du plaisir. Sans enfant. En aurait-elle eu un, elle l'aurait certainement traîné partout avec elle ! Cet enfant-là aurait eu douze nationalités. Minimum.

Enfin, qu'est-ce que j'en sais ?

— Un conservateur de musée, c'est la première fois, non ?

— J'ai tout eu dans ma vie, mais vrai, c'est nouveau, répond Claudine. Je suis contente parce que j'ai toute une liste de métiers barrés à tout jamais ! Fini les écrivains narcissiques, les journalistes insécures, les compositeurs qui ont sauté une coche. Plus question de commerçants sans temps libre, d'aventuriers odieux, de médecins névrosés, de réalisateurs infidèles, d'éternels étudiants, de libraires neurasthéniques, de dessinateurs maniaques. Assez des avocats tatillons, des politiciens fuyants, des marins aux idées fixes, des profs impuissants, des ingénieurs obsédés. Plus jamais de sauveurs, de jaloux, de possessifs, de manipulateurs, de menteurs, de faibles, de séducteurs pathologiques, de n'importe quoi de psychologiquement dérangé.

— Mais comment peux-tu être certaine que ta nouvelle flamme n'est rien de tout ça?

— Je le sens!

Mon compagnon de fortune rit à gorge déployée. Il en pleure carrément. C'est beau de voir ça! C'est clair qu'il ne rit pas d'elle, mais avec elle. Donc, il ne se considère pas comme faisant partie des catégories tout juste mentionnées. Bien sûr, il n'a aucun de ces défauts-là. Me semble.

Bof! Tout cela a-t-il vraiment de l'importance?

Je me console du vide qui est le mien en me rappelant que mes amis passent leur temps à m'appeler pour me raconter leurs problèmes de couple. On est-tu assez bien, toute seule!

— Oublie-moi, ce soir. Je vais manger avec lui dans la réserve. Et puis tu seras seule avec André...

Il faut la voir! Elle est radieuse, belle, heureuse, frappée au cœur par le rêve. Je sens monter en moi un sentiment maternel pour cette amie qui empoigne la vie avec deux mains grandes comme des pelles de charrue à neige. Un sentiment qui dit: va, ma petite, profites-en pendant que ça passe. Pour moi, tout ça, c'est bien fini. Bien fini.

Chapitre sept

Grosse fatigue

Je suis sortie prendre l'air. Le bar *cheap* du coin offre un spectacle de strip-tease de motoneigiste. Il n'y a pas moins de trois salons de coiffure pour trois cents habitants portant des cagoules de laine bouillie dix mois par année. Des enfants qui crient, donc heureux, jouant avec des chiens deux fois plus gros qu'eux. Un vrai magasin général adossé à la clinique médicale. Ça signifie qu'un médecin a choisi de vivre ici, par goût ou à cause de la prime d'éloignement.

On a vite fait le tour de ce village qui n'est ni plus ni moins qu'un rêve de bricoleur quand on regarde les maisons. Tout le monde dit bonjour, sourit, vous demande d'où vous venez, comme dans toutes les petites agglomérations. On a l'impression que la vie ici est douce et heureuse. Elle est certainement teintée des drames et des tragédies éternelles, cachant ses secrets et ses souffrances. Mais on s'y sent bien, même en se promenant à la nuit noire.

« Un changement est aussi valable qu'un repos », disent encore les Anglais. C'est vrai. Sortir de son quotidien, de son bureau, de sa maison, de sa vie replace les yeux en face des trous, donne une énergie soudaine, celle de la nouveauté qu'on absorbe de partout, qui nous convainc qu'il y a une vie ailleurs dans l'univers, ce qu'on sait théoriquement mais qu'on a besoin de palper de temps en temps.

Un changement est aussi valable qu'un repos. Pas toujours. Des fois, on craque. Comme ça, sans que rien ne l'ait annoncé, enfin sans qu'on ait voulu s'en apercevoir. Bang! D'un coup, on sait qu'il n'y a plus rien au fond de nous, pas une once de courage, pas un muscle qui réponde aux ordres du cerveau, pas un désir qui fasse surface, rien, juste une grande, une immense lassitude.

Ça peut surgir un soir à dix heures, pendant qu'on est en train d'ébouillanter les coussins du sofa sur lesquels son enfant plein de poux s'est couché depuis une semaine. Ça peut surgir un matin en sortant travailler alors qu'on jette un coup d'œil sur la peinture écaillée de la façade de la maison, le gazon pas coupé, le salut un peu froid du voisin qui a fait traiter son terrain contre les pissenlits, lui.

Ça peut surgir le matin, quand on échappe sur le plancher la boîte neuve de poudre de chocolat qui s'étend partout, que son enfant crie qu'il ne trouve pas ses souliers, que vous allez être en retard, lui, à l'école, et vous à votre réunion importante pour obtenir un contrat.

Ça peut arriver quand vous cherchez désespérément vos clés que vous perdez tous les jours mais jamais pour vrai, que le téléphone sonne pour un sondage, que soudain vous sentez l'odeur d'urine de la cage du cochon d'Inde que vous avez omis de changer depuis dix jours, ce qui vous fait penser qu'il en est de même avec la litière du chat et mon Dieu ! l'eau de la perruche ! elle va mourir de déshydratation la pauvre, et sur ces entrefaites votre ex vous confie son chien pour la fin de semaine parce qu'il emmène votre fils en ski.

Ça peut arriver quand, en l'espace de quatre jours, vous avez eu une contravention pour une erreur non commise, la surprise qu'il fallait changer les quatre freins et c'est urgent, le plafond de votre chambre qui montre une belle tache brune qui signifie que le toit doit être refait illico et c'est votre faute bien sûr car vous avez trop attendu, et qu'une de vos molaires arbore trois fractures qui vous font souffrir, problème qui sera vite réglé avec une couronne à mille dollars, et qu'en plus votre médecin avec lequel vous aviez rendez-vous pour votre examen annuel, vous trouvant mauvaise mine, vous offre de vous prescrire des tranquillisants parce que vous versez une larme ou deux de découragement dans son bureau, alors que ce dont vous avez besoin, ce n'est que d'un peu de soutien, d'aide et d'un bon cognac.

Ça vous arrive quand votre ex vient reconduire votre progéniture avec son sac de linge sale et le front fendu, qu'à la télé votre pire ennemi a été honoré et pas vous alors que ce qu'il a écrit n'arrivait pas à la cheville de votre livre à vous, que vous trouvez soudain que franchement vous en faites assez, qu'en allant à la salle de bain vous mettez les pieds dans un pouce d'eau car la toilette coule et le service d'urgence vingt-quatre heures, c'est de la fausse publicité.

Ça vous arrive quand, après des années de travail, de thérapies, de millepertuis, vous réussissez à enfin avoir un caractère égal, tout le monde apprécie votre sourire et votre façon si géniale de rire de tout, de prendre même les catastrophes avec un grain de sel et beaucoup de philosophie et, soudain, au moment où vous rayonnez d'équilibre mental, vous avez une envie impérieuse de redevenir complètement vous-même, d'exiger le droit aux larmes, à la crise de nerfs, de panique, d'angoisse, à l'emportement débordant d'enthousiasme, l'envie de redevenir humaine en somme, et que tout un chacun pense que vous sautez une coche.

Ça vous arrive de temps en temps, oh, pas souvent parce que vous ne pouvez pas vous le permettre, peut-être une fois dans l'année, de craquer, de vous mettre à pleurer non pas de tristesse mais d'épuisement, quand vos années passent à faire tout, tout, tout, toute seule, sans sécurité d'emploi, sans retraite dorée, sans aucune notion de plomberie.

Sans personne.

Sauf vos amis, gars, filles, cadeaux du ciel.

Et puis un jour, grâce à une bonne conjonction planétaire (c'est évident, ce ne peut pas être grâce à vous), un homme se pointe dans votre vie.

Et vous vous rendez compte que c'est encore plus de problèmes.

J'ai acheté un gros chandail de laine à mon Homme, tricoté main (ce qui doit être, par ici, une bonne façon de garder sa santé mentale), chandail que je pourrai porter quand mon ombre disparaîtra de ma vie. Un pyjama, que je porterai aussi après, j'adore les pyjamas d'homme, surtout qu'à mon âge, plus question de vêtements de nuit sexy qui montrent en très gros plan le peu qu'ils sont censés cacher. Je me berce de l'illusion que la flanellette peut être affriolante.

Il est tout content, l'Homme, de son pantalon de jogging, ses bas de laine brute, son t-shirt en polar, dont j'ai acheté un deuxième exemplaire pour Luc. Il est tout content de sa brosse à dents toute neuve, et moi donc ! Il est tout content de marcher bras dessus, bras dessous avec moi, oubliant de chercher pour une heure le sens profond de sa vie apparente.

Ça fait ça, le froid et la neige. Ça fait ça, marcher au bras de quelqu'un.

Je crois que c'est ce qui me manque le plus.

En passant devant le paradis du beigne du lieu, j'ai eu tout à coup une envie :

— Un beigne fourré à la crème et à la confiture de fraises ! On entre.

Je ne mange jamais ce genre de choses-là, mais puisque je suis dans l'irréel complet, je me dis que je vais manger des calories irréelles et que ça fera juste semblant d'être engraissant.

À la caisse, mon compagnon me joue la grande scène du trois : il me sourit de ses belles dents sans couronnes, ça se voit — il est peut-être dentiste ? —, fouille dans ses poches, sort de l'argent fictif, paye la caissière qui ne le voit pas. Je dis :

— Merci.

Elle croit que c'est parce qu'elle vient de me tendre une serviette de table.

Il fait semblant de jeter un pourboire dans la tasse en styromousse placée là à cet effet. Joli. Si la prochaine fois il me paye du champagne et du foie gras, je le marie. Ça ne m'engagera pas à grand-chose de toute façon.

On s'installe à une table. Un membre en règle de l'âge d'or qui a l'air de s'ennuyer ferme brasse son café et y laisse couler le contenu de ce que, vite comme ça, j'évalue être son huitième sachet de sucre.

En vieillissant, on se transforme en abeille. Ou en ours. Dépend du tempérament. Il commence à me regarder avec insistance. Ça y est, je ne vais pas m'en sauver.

— Vous êtes ici pour le salon du liv'e ?

— Oui.

— J'vais y aller ! Quand est-ce que ça ferme ?

— Demain soir.

Il se lève, se rapproche.

— J'aimerais ça écrire un liv'e, moi aussi. Un liv'e de légendes du coin.

— J'imagine qu'il y en a beaucoup.

— Plein. Toutes sortes de genres, avec les Blancs, les Indiens, les Inuits, les mélangés toutes ensemble.

— J'aime beaucoup les légendes. J'ai cherché au Salon et je n'ai rien trouvé.

— Vous en trouverez pas. Ici, rien n'est écrit, toutte se dit.

— Vous voulez m'en raconter une ?

J'entends la caissière étouffer un rire. Je sens que je viens de m'embarquer dans les mille et une nuits polaires.

— Ben, y a celle de la louve qui a élevé des jumeaux, typique d'ici, celle-là, celle de la chasse-galerie, mais au lieu d'être un canot, c'est un skidoo. Il y a l'histoire du pigeon qui a percé la noirceur pour amener la lumière sur la terre.

— C'est un corbeau, Paulo, pas un pigeon, un corbeau, lance la caissière.

— Un pigeon, un corbeau, ça fait pas de différence, mais en tout cas. Je pourrais vous raconter l'histoire du traîneau fantôme tiré par des chiens pas de tête.

— Paulo ! Écoutez-le pas, madame, il veut vous faire peur pour rien.

— Il passe juste au coin ici, une fois par année, justement ces jours-ci…

— Paulo !

— O.K. Celle de l'igloo hanté d'abord, est pas épeurante, celle-là.

— Ça raconte quoi ? je lui demande.

— Quelque part, on sait pas où, y a un igloo hanté qui apparaît pour abriter les voyageurs perdus dans la tempête. Pas tous les voyageurs, non, madame ! Pas les bandits, ni les batteurs de femmes et de chiens, ni les soûlons, juste le bon monde, par exemple quelqu'un qui est sorti marcher dix minutes et qui s'est faite prendre par la tempête.

— Dix minutes ?

— Ben quin ! Vous autres, dans le sud, c'est pas des vraies tempêtes que vous avez. Ça arrive annoncé deux jours d'avance, pis des fois ça vient jamais. Ici, ça arrive de même ! (Il claque les doigts.) Tu t'attends pas, tu sors fumer une petite pipe dans la cour chez vous, la première chose que tu sais, ça te tombe dessus pis tu peux mourir là, à dix pas de la porte, gelé dur, parce que tu la vois pas, la porte ! Il neige assez, tu vois pas tes propres mains ! Pis il vente tellement fort que tu peux pas avancer d'un pouce !

Petit rire encore du côté de la caissière.

— En tout cas, je vous le dis, moi, l'igloo hanté existe et en a déjà sauvé, du monde.

— Dans leur cour ?

— Partout !

— Mais hanté par qui ?

— Ça, la légende le dit pas. Il faut que je fasse des recherches.

— Ou que tu l'inventes ? demande la caissière.

— Tout ça, c'est vrai ! Me ferais-tu un autre café ?

Je vais en profiter pour m'esquiver. Sinon, je suis ici pour la nuit. Et comme elle dure pas loin de vingt heures… Tant pis pour le reste de mon beigne. Je prends une dernière bouchée en vitesse, me lève, mets mon manteau, salue la compagnie et je sors, enfin, nous sortons, l'Homme et moi.

Le ciel est clair, les étoiles brillent par millions.

— J'aurais aimé inventer cette histoire d'igloo hanté ! dit mon tendre noyé. C'est vrai qu'il devrait écrire, Paulo.

Peut-être oui, peut-être non. Si j'étais lui, je la garderais pour moi, et je ferais pareil, je m'installerais dans un comptoir de beignes pour la raconter aux voyageurs avides d'un passé de traditions perdues, leur offrant un moment unique, un souvenir pour eux seuls, le privilège de dire « j'étais là, moi ». Tout n'est pas à écrire.

Nous rentrons en silence à l'hôtel. Je m'habitue à la présence de l'Homme, je commence à accepter qu'il soit là, qu'il existe. En chemin, je surveille tout de même le ciel, au cas où une tempête telle qu'inventée par Paulo nous tombe dessus ou qu'un traîneau fantôme apparaisse. Je me surprends à rêver que ça arrive, sacré Paulo, cinq minutes et, voilà, il a insufflé un rêve en moi. Il est des gens comme ça, qui croisent votre route essentiellement pour ça. Des perles. Mais à prendre à petite dose, avant qu'ils se transforment en cauchemar parce qu'ils ne décollent plus.

Je me fais couler un bain chaud, me ferai la plus belle possible pour mon dîner de ce soir, ma soirée, ma nuit. Je me regarde dans le miroir en me demandant comment j'arriverai à me transformer avec un cachecernes comme baguette magique.

— C'EST PAS VRAI !

L'Homme accourt :

— Mon dieu, qu'est-ce qui se passe, Léa ? !

— Ma dent !

— Pardon ?

— J'ai perdu ma couronne ! Ma canine ! C'est la catastrophe !

— Ne panique pas, montre-moi, ça ne peut pas être si pire.

Peut-être qu'il était vraiment dentiste. Je lui fais un large sourire.

— En effet, c'est une catastrophe.

Il rit. Il rit de moi ! J'ai un trou qui permet de regarder jusque dans le fond de la gorge sans que j'ouvre la bouche et il rit ! Comment se fait-il que, chaque fois que je me mets à avoir de bons sentiments à son égard, il s'arrange pour que je veuille le frapper ?

— C'est pas possible, ça, écoute, ma soirée ? Mon dîner ? Mes… projets ? Mes signatures ? J'ai l'air directement sortie de la Cour des Miracles !

— Tu exagères un peu. Pas beaucoup, mais un peu.

— Mon beigne ! Je suis sûre qu'elle est restée dans mon beigne ! Je savais que je serais punie d'en manger un. Grouille !

On s'habille en quatrième vitesse. Comment ça se fait que je ne me sois aperçue de rien ? Trop dans ma tête encore. On sort. Je ne me souvenais pas qu'il était si loin, ce comptoir de beignes. Je cours dans les rues et je vais probablement subir une attaque cardiaque avant d'arriver, moi pour qui l'exercice cardio-vasculaire unique consiste à descendre au sous-sol et remonter, pour faire du lavage. Je croise les doigts pour qu'un miracle ait eu lieu et que la caissière l'ait trouvée ou, sinon, ait jeté le beigne dans la poubelle à côté du comptoir.

Paulo est là. La caissière nous accueille en souriant.

— Oh! Vous auriez dû venir il y a cinq minutes! J'ai sorti les sacs dehors.

— Les?

— Ben oui, il y a beaucoup de choses à jeter dans la cuisine.

Je sors illico. Elle est là, ma couronne. Dans un des cinq sacs remplis à ras bord.

La jeune fille a eu la gentillesse de nous donner des gants. Et Paulo de nous prêter main-forte. Ça va lui faire une autre belle histoire à raconter, celle de la folle qui a passé des heures par un froid polaire à chercher une couronne parmi des restes de beignes, des serviettes de table qui ont essuyé je ne sais combien de bouches, de la vaisselle en carton imprégnée des cafés à moitié bus, des bouts de cigarette, car on a encore le droit de fumer dans ces contrées où il y a un policier par deux cents kilomètres carrés.

— Ah! lance Paulo, triomphant, le doigt dans la confiture d'un quart de beigne écrasé. Je pense que je l'ai.

Il me tend un bout de porcelaine blanche. L'Homme se penche dessus et me dit:

— C'est une couronne, mais de molaire.

Je soupire, pas encore découragée:

— Ce n'est pas la mienne, Paulo. Coudonc, qu'est-ce qu'ils mettent dans leurs beignes? Du ciment?

— Va falloir que je tire ça au clair, parce que le comptoir, il appartient à Roger.

— Roger?

— Le beau-frère de Colette.

140

— Colette ?

— La pharmacienne.

— Et alors ?

— C'est la sœur de Johanne.

— Johanne ?

— La dentiste. C'est peut-être une conspiration. À moins qu'il y ait un phénomène inexpliqué dans l'air qui fasse tomber les couronnes. Ça se pourrait. Toutte se peut !

Je regarde l'Homme, à côté de moi :

— Oui, tout se peut.

On a vidé les quatre premiers sacs. On les a passés au crible, surmontant le désespoir, le froid et le dégoût. Bien sûr, la dent est dans le cinquième, c'est une des grandes lois qui régissent l'univers. J'ouvre, j'étale le contenu sur le sol gelé. Et je le reconnais, mon beigne ! Je tends la main vers lui. Et c'est à cet instant précis que surgit je ne sais d'où le plus beau, le plus gros, le plus imposant et le plus dominant de tous les chiens du Grand Nord. Et qu'il se jette sur mon beigne, et quelques autres en passant, l'avale tout rond et se sauve à toute vitesse.

L'Homme part à rire comme je n'ai jamais vu quelqu'un le faire.

— Le pire, c'est qu'il n'y a même pas goûté ! dit Paulo.

Le pire, c'est que je suis partie à rire moi aussi.

* * *

Octobre, Auberge du lac Cul-de-Sac... Les fleurs fanées et gelées resplendissent de la beauté de ce qui finit et meurt dans l'ordre des choses. Je me demande

contre qui je me bats depuis toujours : moi-même ?
Quel moi-même ? Le moi-même rêvé ? Le moi-même
réel ? Et qu'est-ce que c'est que cette quête de soi-
même ? Cette quête n'existe pas ! Soi-même est tou-
jours là, à chaque instant. Ce qu'on cherche à tout
prix, ce n'est pas se trouver, c'est s'inventer une
quête.

Partir, revenir, chercher, il n'y a rien de plus que ce
plaisir, pas de quête autre que celle du mouvement.
Celle de la vérité ? Mais elle crève les yeux à tout mo-
ment ! À nous de choisir de la voir ou pas. Je pense à ce
tout petit mot qui brûle les lignes du cœur en une se-
conde, le mot « on », échappé par un homme qui nous
enflamme et qui répond à votre question simple, « que
fais-tu en fin de semaine ? », oubliant soudainement
qu'il ne vous a jamais parlé de sa femme, « on reçoit ».
Je sais alors que ce qui s'en vient, c'est « ma femme ne
me comprend pas » ou « on ne trouve pas tout dans la
même personne ».

L'attente, l'espoir, l'inconnu, les rêves font partie du
jeu et sont les éléments essentiels et éternels de la nais-
sance de l'amour. Toutes ces nuits peuplées de désirs et
d'espérance, de fantasmes et de mirages sont des tour-
ments précieux. L'homme aimé est à la fois ma santé
mentale et mon déséquilibre, ma source de guérison et
de trouble.

N'est-ce pas ça, l'amour ? Un sentiment ambivalent,
une source d'équilibre et de folie furieuse, à la fois
bonheur et tristesse, à la fois calme et agitation, pléni-
tude et manque, une chose et son contraire. L'amour ne
peut se vivre que dans l'incertitude.

* * *

— On appellera Johanne en arrivant à l'hôtel, me dit l'Homme.

— Johanne ?

— La dentiste. Celle qui fait tomber les couronnes à distance.

— Au mieux, elle me recevra demain !

— Tu ne peux rien y faire.

Nous rentrons tranquillement. Rien ne presse. Ma soirée est un fiasco complet, ratée. Je devrai mentir et prétexter des étourdissements, une migraine, une gastro, non, pas une gastro, André me fuira demain de peur de l'attraper. Je vais l'ouvrir, ce vieux bordeaux, me faire monter un plat de pâtes, les pâtes, ça guérit sa femme de tout. Ce qui m'embête le plus, finalement, c'est la signature de ce soir, j'ai horreur de ne pas remplir mes obligations, mais il faut admettre qu'il s'agit d'un cas de force majeure.

Et voilà que tout à coup, bang ! ça arrive, ça se met à nous tomber dessus ! On a pourtant fouillé les sacs à ordures sous les étoiles ! Il ne neige pas des flocons, mais des briques ! Ça tombe, ça vente, ça nous entoure, ça nous mouille, ça nous oblige à fermer les yeux ! On ne voit plus rien devant nous, ni derrière ni autour. C'est la tempête de Paulo !

— Je ne sais plus où on est ! Je suis complètement perdue !

— Moi aussi, fatalement.

— Comment ça, fatalement ? T'es juste une ombre, ça ne doit pas trop te déranger cette tempête ! Fais un effort, cherche !

— Moi, je te suis.

— Là, ça va faire ! Je vais te dire une chose : je n'ai pas un compas dans le front ! J'ai besoin d'aide. À quoi

143

tu sers ? Là, maintenant, fais un homme de toi ! C'est toi qui décides où on va !

— Non, c'est toi.

— Là, là, la petite dame est tannée, comprends-tu ? Pas mal tannée de tout décider. Est plus capable, la petite dame ! Elle est perdue au beau milieu d'une tempête de fin du monde, et si tu ne l'aides pas, elle va mourir gelée raide !

— C'est moins souffrant que noyé. Il paraît que c'est une mort très douce.

— Es-tu vraiment en train d'essayer de me consoler ? Je vais te dire une chose : ça ne marche pas !

Il n'y a rien à tirer de lui. Je vais me débrouiller toute seule, comme d'habitude.

J'essaye péniblement d'avancer. Il n'y a pas de trottoir, d'autos, d'enseignes, rien qui puisse me diriger, il n'y a certainement personne parti à ma recherche, personne dehors, pas même un chien que je ne verrais pas de toute façon. Rien ne me dit que je suis dans la bonne direction, que je vais vers l'hôtel et non pas vers la sortie du village. La dent dans les poubelles, c'était une méchante catastrophe, mais j'ai fini par en rire. Maintenant, à ce moment précis, je n'ai pas envie de rire, j'ai juste envie de pleurer, de m'effondrer, c'est trop, tout est trop, trop lourd. Je tends les bras devant moi, ne touche rien, le vide, pas de murs, j'ai de la neige jusque dans le cou, il va falloir que je pense vite, je ne sais pas quoi faire ! Je peux faire face à la varicelle, à l'effondrement du garage, aux mauvaises critiques, aux rides, même au fait que je n'ai jamais eu de prix, mais à cet instant, je suis dépourvue, je vais mourir et je suis peut-être à trois pas d'une porte !

— Ici, Léa ! Je touche quelque chose ! me crie l'Homme auquel je suis agrippée pour ne pas le perdre, même si je sais que c'est impossible.

C'est rond et lisse. Il y a une ouverture, très basse. Je m'accroupis, j'entre, je suis enfin à l'abri.

Je suis dans un igloo.

Seigneur ! Grosse, grosse fatigue.

Chapitre huit

C'est quoi, un homme?

J'ai décidé de créer le front de libération de la crise de nerfs. Je crois que j'aurais beaucoup de membres. Féminins, surtout. Laissons sortir le méchant, la frustration, la colère, le découragement, l'impuissance, l'abattement, le « ça n'arrête jamais ». Réunissons-nous, seigneur, et crions!

Me voici assise dans un igloo de légende, qui est probablement une matérialisation personnelle d'une histoire qui m'a plu, en compagnie d'un ex-vivant pas encore tout à fait mort, avec une tempête impossible faisant rage, bref, sauvée de la mort par ma propre imagination, à moins que les murs blancs qui m'entourent soient une chambre capitonnée d'hôpital psychiatrique, que je sois en pleine crise de délire sans en être au courant.

Pourtant, tout semble réel. Ce sont bien des blocs de neige au-dessus de ma tête, on ne peut plus froids. C'est bien le vent que j'entends rugir dehors. Ce sont bien des larmes qui perlent au coin de mes yeux, mais ça ne va pas couler, oh non! il n'en est pas question.

En fait, la pire des hypothèses serait que tout ceci soit effectivement réel ! La plus excitante, palpitante et extraordinaire, soit, mais aussi cela signifierait que j'ai été choisie par la vie pour entrer dans un univers parallèle où vivent des êtres en route vers une vie meilleure. Et si je n'en sortais jamais ?

Honnêtement, j'aurais aimé mieux qu'on choisisse quelqu'un d'autre. Je suis mère de famille, tranquille, paisible, je ne déteste pas du nouveau dans ma vie de temps à autre, en autant qu'il n'y ait pas de certificat de décès accroché dessus.

— Eh bien, ma chère Léa, je crois qu'on est ici pour un petit bout de temps. J'ai entendu dire que ce genre de tempête nordique pouvait durer plusieurs jours !

— Finalement, c'est peut-être de faim que je vais mourir.

— Ne sois pas pessimiste !

— Ben non, je n'ai pas de raison. Justement, donne-moi donc ton opinion : crois-tu que j'ai perdu la raison ?

— J'admets que la situation est un peu troublante.

— Un peu ?

— Il manquerait juste la présence d'un fantôme !

D'après moi, il y en a déjà un.

— Je ne parle pas de moi. Je pense à l'histoire de l'igloo hanté.

— C'est peut-être ça qui t'attend, cher, hanter des igloos pour l'éternité.

— Arrête, tu me déprimes.

— On est deux.

Quelques heures plus tard

J'ai fait la seule chose possible pour moi : j'ai calé ma tuque, remonté le col de mon manteau de vieille fourrure remodelée mais chaude, je me suis allongée sur le sapinage étalé sur la neige — la légende a même pensé au confort ! —, et je me suis endormie. Pas étonnant. Le sommeil a toujours été ma porte de sortie. Et puis, j'étais épuisée.

Je m'épuise facilement. Je dors beaucoup. Dès que mon fils est dans le coma qui caractérise le sommeil des enfants, je me glisse sous mes couvertures et je lis jusqu'à ce que je m'endorme. D'habitude, un peu avant vingt-deux heures. Et j'ai toutes les misères du monde à me lever. En fait, j'ai besoin de dix heures de sommeil par nuit. « Tu es toujours fatiguée ! C'est plate à un moment donné ! » Ça vient toujours, ce commentaire, de l'homme qui traverse votre vie. Et nous, les mères, on se sent continuellement coupables d'être fatiguées.

Aujourd'hui, j'envoie promener toute la moitié mâle de l'humanité et je revendique aussi le droit à la fatigue !

L'Homme est assis dans son coin.

— Tu as dormi, toi ?

— Non, me répond l'Homme.

— Vous n'êtes jamais fatigués, vous, les hommes ? Toi, combien d'heures tu dors ? Ou dormais, disons ?

— Six ou sept heures, il me semble.

— J'aimerais tellement ça ne dormir que six heures ! Je ne peux pas. Juste à penser à ce que j'ai à faire le lendemain, j'ai besoin de deux heures de plus. Non, on n'est vraiment pas faits pareil.

— Tu m'as demandé ce que c'était un homme, tu te rappelles ?

— Ah oui ! Tu ne m'as pas répondu ! Pourquoi d'ailleurs ? Je ne me souviens plus.

J'ai déjà commencé à perdre la mémoire, c'est terrible. L'alzheimer fait déjà ses ravages. Pauvre, pauvre Luc ! Pris avec une mère inadéquate comme moi !

— Tu m'as posé cette question aujourd'hui, au salon, mais André est arrivé.

André ! Je pense que mon chien est mort de ce côté-là. Ou bien il a mis la police à ma recherche, ou il a fait semblant de rien parce que finalement ça ne lui disait plus rien.

Dehors, la tempête est pire qu'au début, si cela est dieu possible. Je ne ressens pas encore ni la faim ni la soif.

— Oui, bon, alors. C'est quoi, un homme ? Élabore, s'il te plaît, on a du temps en masse.

— J'y ai pensé pendant que tu dormais. J'aurais aimé arriver à une réponse simple, mais plus j'y réfléchissais, plus ça devenait compliqué. Tout le monde dit que lorsqu'on a compris qu'un homme pense avec son pénis, on sait tout. On ne peut pas nier ça. Et ça fait des maudites bonnes blagues. Mais enfin, c'est aussi autre chose !

— Quoi ?

— C'est pas évident...

— Ce que je veux savoir, c'est ce que toi, un homme, enfin, on se comprend, tu penses de toi-même. Je veux savoir quelle perception tu as de toi. En dehors des principes de la psychanalyse. André disait qu'un homme était fondamentalement jaloux des femmes. Quel rapport peut-il alors établir avec elles ? Aucun ! Il aura toujours au cœur un désir inavoué de vengeance.

— Je n'ai pas cette perception-là. En fait, je me vois comme un éventail.

— Un courant d'air ?

150

Bon, elle n'était pas drôle.

— Comme quelqu'un qui est plein de possibilités. Il n'y a pas de mode d'emploi, rien d'écrit sur la boîte. Des hommes, il y en a des beaux, des laids, des petits, des gros, des athlétiques, des jeunes, des vieux, des timides, des prétentieux, des généreux, des profiteurs, des intellos, des musclés, des sportifs, des paresseux, des bricoleurs, des humoristes, des prophètes de malheur, des ennuyants, des passionnants, des vraiment sans intérêt. Il y a de tout. Comme chez les femmes. Mais qu'est-ce qui les lie à part leurs marques physiques de masculinité? Leur amour du bruit? Des gadgets?

— Je ne veux pas une réponse générale: les hommes souvent parlent des autres hommes, sans s'impliquer eux-mêmes. Voilà peut-être une différence? Les femmes disent toujours: « Moi, par exemple. »

— J'y arrive. J'ai essayé de commencer par moi en espérant trouver. Et beaucoup de choses me sont passées par la tête. Un homme, c'est quelqu'un qui a peur du rejet, qui doit prendre les devants avec les femmes, c'est paniquant. J'ai toujours eu peur d'aborder une femme, mais il ne faut pas que ça se voie, car les femmes aiment les hommes sûrs d'eux.

— Ça dépend. Un: j'ai souvent pris les devants, j'ai envoyé des fleurs et j'ai invité au restaurant et j'ai été rejetée. Deux: plein de femmes ne cherchent que des hommes qui font pitié et qu'elles pourront sauver!

— Et dominer.

— Oui, mais pas toujours. Parfois, elles croient que ce n'est qu'en sauvant les autres qu'elles sont justifiées d'exister. Que si elles n'accomplissent rien d'héroïque, elles ne sont rien.

— Beaucoup d'hommes pensent ainsi. Je te l'ai dit, j'ai déjà voulu sauver l'humanité. Mais jamais une femme. Les hommes aiment que les femmes aient besoin d'eux, mais c'est pour se valoriser.

« J'ai pensé à la bravoure, à ces hommes qui escaladent l'Everest, et je me suis dit qu'un homme c'est un être courageux, audacieux, qui a du cran et du sang-froid. Puis j'ai pensé à toutes les femmes du monde sur lesquelles repose la vie de tous, elles ont autant de courage, d'audace, de cran. Sur le plan domestique ? Non, il y a ces exploratrices, ces pilotes et tout. J'ai pensé : les hommes sont devenus trop sensibles et se cherchent. Mais tout le monde se cherche. Et qu'ils fassent preuve d'un peu plus de sensibilité, enfin certains, n'est qu'une bonne chose.

— Sais-tu qu'on dit d'un romancier sensible qu'il possède là une merveilleuse qualité ? Et d'une romancière sensible : « Bon, encore une qui pense que ses états d'âme intéressent les autres. »

— Mais les femmes aiment-elles les hommes sensibles ?

— À partir d'un certain âge, elles les aiment mieux riches.

— J'essaye d'être sérieux !

— Je suis très sérieuse !

— C'est décourageant.

— Je sais. Continue.

— Un homme, c'est quelqu'un qui doit faire preuve de maturité, de sagesse, mais aussi d'impétuosité et qui doit ramer fort pour être tout ce qu'attendent de lui sa blonde, la société, ses enfants, ses collègues, ses profs, ses amis. Peut-être que je ne sais vraiment pas ce qu'est un homme, ou qui je suis, parce que je suis ce qu'on me demande d'être. Et que ces demandes changent constamment. Un homme, c'est quelqu'un qui s'adapte.

— Bienvenue sur Terre ! L'être humain fait ça depuis qu'il est apparu, s'adapter. Ça inclut les femmes.

— Il reste la force physique ?

— Ouais, mais c'est ce qu'il y a ici, dans la tête, dans le cœur que je cherche.

— Et si, toi, tu me disais ce qu'est une femme ? Peut-être que ça m'aiderait.

— Attends, une femme. C'est quelqu'un de fort, qui a de l'intuition, c'est une mère, c'est quelqu'un qui s'en fait tout le temps pour les autres, c'est quelqu'un qui est éminemment seule parce qu'elle doit veiller sur les autres, c'est quelqu'un qui a besoin de se faire dire je t'aime, de parler même de rien, c'est quelqu'un qui s'ouvre.

— Une merveille, quoi ! Et pas d'hypocrites, de manipulatrices, de tricheuses, de menteuses, de calculatrices, de violentes, enfin, tout ce que nous sommes !

— … Disons qu'il y en a quelques-unes. Bref, nous nous ressemblons beaucoup, avons les mêmes qualités et défauts, à plus ou moindre degré selon la vie et les hormones qui nous mènent. Si je suis touchée par quelque chose, c'est parce que mon biorythme est au plus bas ou mes œstrogènes en vacances.

— Tu n'es pas touchée par les hommes, en tout cas.

— Moi ?

— Oui, toi, tu ne te laisses pas atteindre.

— N'essaye surtout pas ça !

— Quoi ?

— Faire bifurquer la conversation sur moi, ma sensibilité et blablabla.

— O.K. Je n'ai rien dit.

153

Si je le laisse faire, il va finir par me dire lui aussi que j'ai besoin d'une thérapie pour régler mes problèmes avec les hommes ! Je n'ai pas de problèmes avec les hommes.

— J'ai trouvé !

— Quoi ?

— Un homme, c'est quelqu'un qui ne met pas de rouge à lèvres pour aller se baigner !

— Un bon point. Qu'est-ce qu'il met alors ?

— Du parfum.

J'ai éclaté de rire. Un vrai rire qui lâche tout. Un vrai rire franc. En deux mots, il a anéanti toute la distance qui me sépare du reste du monde. Deux mots, deux rires, le sien, le mien et voilà soudain un déclic, une entente parfaite. Est-ce ainsi que je devrai continuer ma vie ? À m'entendre avec des ombres ?

— C'est vraiment dommage que tu ne sois pas vivant, toi !

— Il y a toujours un détail qui cloche !

J'ai ri de plus belle. Lui aussi. Puis, plus un mot. Un sourire accroché, le silence. C'est à ce moment que j'ai réalisé une chose importante : le vent était tombé.

— Tu sais, Léa, je t'adore.

— Merci. Moi aussi, je t'adore.

Et c'est à cet instant précis, quand j'ai senti passer un courant étrangement bienfaisant, entre un noyé et moi, que le chien est entré.

Un colosse. Une bête magnifique, un chien esquimau canadien dans toute sa splendeur. Un excité rare qui nous saute dessus, nous lèche avec sa langue chaude — j'ai bien dit « nous » —, fait rapidement le tour au cas où il y aurait un petit quelque chose à se mettre sous la dent, dentition qu'il a blanche, complète et terrorisante! Une chance que c'est pas méchant, cette bête-là.

Il ressort, jappe. Il appelle, en fait. On était donc à notre recherche.

Nous suivons le chien dehors. Il neige toujours, mais une neige légère, une jolie fin de tempête. La neige qui couvrait déjà le village a monté de soixante centimètres au moins, si j'en juge par la hauteur qu'elle atteint lorsque j'essaye de mettre un pas devant l'autre. J'en ai jusqu'aux genoux.

Puis on voit arriver à toute allure les deux chiens-ours que j'ai déjà rencontrés, suivis de notre bien-aimé président aux mèches, Marcel.

— Enfin! On vous retrouve!

Il se tourne vers le chien qui nous a découverts et le caresse vivement.

— Bon chien, Mozart, t'es un bon chien.

Le chien est tout fier. Ce serait bien si on recevait, parfois, comme un chien, un mot gentil et une caresse.

L'Homme me dit, avec une pointe de moquerie:

— Tu as entendu? Son chien s'appelle Mozart. Des amateurs de *Chasse et pêche* seulement?

Je l'envoie promener d'un geste de la main. Je veux bien admettre mes erreurs, mais pas me les faire constamment remettre sur le nez. J'ai un très très bon sens de l'humour… surtout pour les autres.

— Ça fait longtemps qu'on vous cherche! La tempête a été si soudaine. Ça arrive dans ce coin-ci, il ne faut jamais s'aventurer trop loin, le soir. Où vous êtes-vous abritée?

— Ici, dans l'ig…

Je n'ai pas fini ma phrase. En me retournant, j'ai vu qu'il avait disparu, l'igloo.

— En fait, on… heu… ici, dans…

Derrière nous, il y a un garage.

— Ah ! Vous étiez dans l'ancien garage de Paulo. On ? Il y avait quelqu'un d'autre ?

— Non ! C'est… l'énervement.

— Ah. Vous l'avez rencontré, Paulo ? C'est un numéro, lui.

— Je l'ai rencontré aux beignes.

— Avant, il réparait des petits moteurs, mais il placotait surtout. Vous devez avoir froid ?

— Non, ça va. Vous me ramenez à l'hôtel ?

Nous n'étions pas loin, trois coins de rue. Il est vingt-deux heures et j'ai envie de me plonger dans un bain chaud. Mais je ne veux pas déranger les autres pensionnaires avec le bruit de l'eau, alors j'attendrai à demain.

En entrant dans ma chambre, j'ai vu la lumière rouge du téléphone clignoter. « Maman, c'est Luc. Rappelle-moi en arrivant, même s'il est tard. On est samedi, je n'ai pas d'école demain. »

J'hésite. Il doit dormir. Mais bon, j'appelle, son père va répondre et si Luc dort, je rappellerai.

Il n'est pas couché. Il attendait mon appel.

— Bonsoir, mon cœur. Tu ne dors pas encore ?

— Non, on finit de regarder un film.

— Lequel ?

— Un film d'horreur.

— Tu vas en avoir pour une semaine à avoir peur de tout ! Ton père devrait savoir ça !

— Maman…

— Oui ?

— Calme-toi.

— D'accord. Tu as raison. Ce n'est pas le moment. Je m'ennuie de toi, mon chaton.

— Moi aussi. J'ai hâte que tu reviennes.

— Dans deux jours. Trois maximum, ça dépend du temps qu'on annonce et de quand je pourrai reprendre la route. Ce n'est pas si long. J'ai hâte de te voir.

— Maman, tu sais que l'univers est infini.

— Oui, l'univers est infini.

— Alors, moi, je t'aime comme l'univers.

Ça m'a sciée. J'aurais voulu le prendre dans mes bras et le serrer fort. Serrer mon trente kilos d'amour. La boule a monté dans la gorge.

— Moi aussi, je t'aime comme l'infini.

— Bon, je vais voir la fin du film. Bonne nuit, maman, bons rêves.

— Toi aussi, pas de puces, pas de punaises.

— Trente sous, pas cher.

— Tu vas dormir dans ton lit?

— Non! J'ai trop peur! Avec papa!

— O.K. On s'appelle demain?

— O.K.

Je ne sais peut-être pas ce que c'est, un homme. Mais un enfant, je sais. Ça contient, dans son petit corps, tout ce que la vie a pu créer de meilleur.

J'entends encore le souffle de Luc dans l'appareil. J'attends toujours qu'il raccroche le premier, mais maintenant, et souvent, il ne s'y résout pas.

— Luc, j'ai une question à te poser. Tu vas la trouver bizarre, mais je me dis que tu peux me répondre.

— Vas-y.

— Selon toi, c'est quoi un homme?

— C'est bizarre, oui. Attends une minute.

Il réfléchit. Parfois, j'oublie que mon fils réfléchit. C'est un enfant qui pense, à qui je demande souvent conseil.

— Un homme, c'est quelqu'un de gentil, d'aimable, toujours content, intelligent, qui aime le travail, qui a assez d'argent, pas trop, qui a des enfants, qui aime sa vie, qui est drôle aussi.

— C'est une belle réponse, mon cœur, merci.

— Attends, ce n'est pas fini.

— C'est quoi, en plus, selon toi ?

— C'est quelqu'un qui a le courage de ne pas être le plus fort.

Je me suis couchée, j'avais ma journée. Et c'est serrée contre le corps froid de l'Homme que je me suis endormie en me disant que Luc est drôlement bien parti pour en devenir un.

* * *

Séjour chez mon amie Quelqu'une. Ce matin, nous sommes allées voir l'exposition de diamants au musée d'histoire naturelle. Magnifique. Mais la plus belle lueur, le plus bel éclat est celui qui brille dans les yeux de la personne en face de vous, enfant, amour, ami-e, l'éclat d'un instant de bonheur qui jette furtivement une lumière sur le cœur qui vit constamment dans le noir.

Le retour

ou

Le chemin de la vie est-il carrossable
ou doit-on au départ naître avec un 4 x 4 ?

FEMME, QUARANTAINE CLASSIQUE, c'est-à-dire légèrement ménopausée, fatiguée, stressée, et pas encore assez vieille pour un lifting, encore jolie avant neuf heures du soir, ne cherche plus personne mais aimerait bien qu'on la trouve.

Chapitre neuf

Qu'as-tu tant peur de perdre qui t'empêche de donner ?

J'ai toujours été un peu lâche, un peu hypocrite, des fois pas franche, même si je suis comme tout le monde et que j'imagine que je dis toujours la vérité. Je suis incapable de vivre dans le faux. Mais encore plus incapable de vivre dans le vrai. Je ne suis pas méchante. Quoique mon sport préféré ait toujours été la médisance au point de souffrir aujourd'hui d'une bursite de la bouche.

Ce vide que je ressens en dedans, je ne l'ai toujours comblé qu'à la course, me remplissant de vent. Mais aujourd'hui, plus que le droit au bonheur, qu'il soit obtenu par des médicaments, des hormones sécrétées par le cerveau en courant trois heures ou la fermeture à tout, je revendique le droit au repos. Le droit au temps. Le droit de sortir marcher lentement juste pour profiter du soleil et non de marcher vite pour que ce soit cardio-vasculaire et utile. Le droit de m'allonger sur une chaise au lieu de me dépêcher de me mettre en forme. Ce dont j'ai besoin, c'est d'arrêter de courir ! Je n'ai pas besoin d'être en santé, j'ai besoin de me reposer.

Me reposer pour retrouver peut-être le dixième de l'énergie que déploie Luc dans une partie de soccer. Me reposer en écoutant le bruissement des feuilles des arbres dans ma cour, le cri d'un enfant qui vient du parc, joyeux dans une balançoire ou horrifié parce qu'il vient de s'érafler un genou et qu'il croit qu'il va perdre sa jambe, le chant des oiseaux, la sirène des ambulances qui atterrissent à l'hôpital du quartier, ou même la radio de mon voisin (mais pas trop longtemps).

Dormir et rêver que je dors. Deux pour le prix d'un! Jusqu'au moment où j'aurai envie de me remettre à courir.

Parce que je ne peux pas m'en empêcher. Parce que j'aime cette sensation d'avancer à toute allure, sachant que plus on va vite, plus le mur est dur. Et alors? Un corps qui n'a pas au moins une cicatrice a mené une vie plate rare ou est soufflé au Botox.

Dormir.

J'ai cette chance immense de faire régulièrement des rêves érotiques. Une fois de temps en temps, mon inconscient devient enfin utile en rendant mes nuits beaucoup plus torrides qu'elles ne le seraient avec bien des hommes réels. Le seul problème, c'est que ça finit toujours par tourner au cauchemar. L'amant magnifique qui procure à mon corps tant de plaisir et de jouissance, une fois l'amour terminé, décide qu'il va maintenant me tuer. Et là, il faut que je me sauve.

L'amour tue. Voilà ce que je crois au fond de moi. Alors pourquoi chercher? Peut-être parce que, plus au fond encore, là où aucun être humain n'a mis le pied, aux confins de l'univers et de l'espace, une petite voix rit de mes drames intérieurs et me dit: « Youhou, pour toi, c'est Pâques trois fois par année, tu ressuscites tout le temps. Mange du chocolat et oublie ça. »

— Youhou ? Tu es réveillée ?

— Non. Je rêve que je suis chez le dentiste, qu'il me pose ma couronne et que, par pure gentillesse, parce que je suis une personne qui mène une bonne vie, il ne me la fait pas payer.

— Il doit être vieux et sa grosse maison est payée depuis longtemps.

Bizarre, alors que, les autres matins, la seule idée de sa présence me donnait de l'urticaire, aujourd'hui, eh bien, je suis contente que l'Homme soit là. J'imagine que, lorsque je vais enfin croire et même espérer qu'il soit là pour toujours, c'est là qu'il disparaîtra. C'est toujours comme ça.

— Je me fais monter un petit déjeuner. Pas question de descendre avec ce trou-là dans la bouche.

— Pourquoi pas ? C'est juste drôle.

— Sais-tu, on va rire entre nous. Comment elle s'appelle, la dentiste de Paulo ?

— Johanne.

— Passe-moi le bottin, il ne doit pas y avoir cinquante Johanne dentiste dans le coin.

Donc. À cette heure-ci, ma couronne est dans un caca de chien après avoir séjourné dans un beigne au ciment, opération culinaire machiavéliquement orchestrée par une famille dans la dentisterie selon Paulo, ancien mécanicien verbomoteur, qui nous a raconté une légende d'igloo hanté dans lequel je me suis retrouvée lors d'une tempête exceptionnelle, avec un compagnon imaginaire en voie de noyade, igloo qui semble lui aussi passablement imaginaire.

Une conclusion s'impose : je ne m'ennuie pas dans la vie.

Ensuite. J'ai eu beau essayer d'attirer dans mon lit un homme charmant, éduqué et consentant, le sort en a décidé autrement. Il a besoin d'avoir une maudite bonne raison.

Les gens d'ici sont gentils, les chiens aussi et la vue, splendide. Le thème du Salon est somme toute un bon choix puisqu'il m'a amenée ici. L'amour est un sujet inépuisable et le seul qui ait cette particularité : plus on jette d'éclairage dessus, plus on l'embrouille.

Mon amie Claudine est tombée amoureuse d'un Amérindien muséologue et mon fils s'est avéré poète, sage et le chaînon manquant entre moi et les hommes.

J'ai été sauvée deux fois d'une mort certaine par l'immobilier, un motel et un igloo, je me suis surprise à désirer un fantasme qui ne me trouve pas assez bien pour lui et, au moment où on se parle, je me dis que, finalement, je pense que je vais rester couchée aujourd'hui.

— Léa ?

Claudine est à la porte. Je me lève, ouvre, lui fais mon plus beau sourire.

— Ciel ! Ta dent ! Qu'est-ce qui t'est arrivé ?

— C'est une longue histoire…

— Bon, tu me raconteras ça tantôt. C'est horrible, tu sais. Garde le plus possible la bouche fermée. Tu as déjeuné ?

— Non, pourquoi ?

— Tu t'habilles et tu manges en vitesse. Je t'attends en bas dans trois quarts d'heure. Ghislain nous emmène en randonnée en traîneau à chiens.

L'Homme rit :

— Voilà l'occasion de perdre une autre couronne !

— Je n'en ai pas d'autre !

— D'autre quoi ? Bon, tu te parles encore à toi-même. Une chance que je te connais, sans ça je dirais que tu es vraiment folle ! À tout de suite !

Elle sait, mon amie Claudine, que lorsque j'écris, je parle toute seule, je ris, je m'émeus, je me dis souvent « c'est bon, ça ! » pour m'encourager un brin. Elle sait que lorsque je suis concentrée, j'oublie que je suis seule et que non seulement je parle tout haut, mais, si j'ai le malheur de me lever de ma chaise, je me cogne à un cadre de porte, j'oublie le plat que j'ai mis à chauffer dans le four, le robinet que j'ai ouvert pour le chat. Elle sait combien de dangers me guettent. Mais pas que je vis maintenant avec un charmant monsieur que je suis seule à voir.

Question : est-ce que je vais raconter ce qui m'arrive à Claudine ? Je crois que ce sera bientôt pour moi une nécessité de m'ouvrir à une âme pleine de compassion. Je demande à mon compagnon :

— Dis-moi, l'igloo était-il réel ?

— Selon moi, oui. Mais qui suis-je pour affirmer une telle chose ?

— Dis-moi encore : suis-je folle ?

— Je ne sais pas, je ne crois pas.

— Ça fait quelques jours qu'on passe ensemble. As-tu la moindre petite idée maintenant de la raison de ta présence à mes côtés ?

— Non.

— Enfin, commences-tu à savoir qui tu es ?

— Il y a quelque chose qui travaille en dedans, qui est là, je le sais tout près, je dirais presque que je l'ai sur le bout de la langue, mais c'est encore dans le brouillard.

C'est comme écrire un livre, tiens! Dans les deux cas, il faut retrouver une mémoire qu'on ne sait pas qu'on a.

— Je vais trouver, Léa, je sais que je vais trouver.

— On finit toujours par trouver. Et j'ai un petit peu hâte que ça te revienne. Parce que ça me concerne, disons.

— Même si ça impliquera peut-être que je disparaisse?

— L'homme idéal est celui au sujet duquel on dit « j'ai hâte qu'il revienne » et non « j'ai hâte qu'il parte ».

— Tu as réponse à tout, toi.

— Seulement devant les autres. Bon, la douche.

Souris, Léa, une autre belle journée t'attend. Laisse couler l'eau brûlante sur ton corps. L'eau, le savon, le shampoing, les cheveux qui tombent dans le fond du bain, cela existe, est bien réel. Si tu avais imaginé tout ça, tu te serais recréée plus jeune, plus belle. Tu es bien dans ce pays du froid, de la neige, des glaces. À deux ou trois détails près, tout se déroule assez normalement. T'es normale, Léa, normale.

Je suis sortie de la douche, enroulée pudiquement dans une serviette. Ça n'a pas servi à grand-chose; dans la chambre il n'y avait plus aucune trace de l'Homme.

* * *

Terrasse, marina, Encoreplusloinville. Le ciel est clair et je regarde ces montagnes couvertes de neige si près de la mer. Pour se guérir d'un homme il n'y a qu'un moyen, c'est être infectée par un autre. Je me demande pourquoi j'agis comme je le fais, pourquoi je

168

suis incapable de rester tranquille, de me reposer, pourquoi je me lance toujours dans des projets de fous, des amours impossibles, pourquoi je saute dans un avion, un train, une voiture dès que j'en ai l'occasion, pourquoi chaque livre, pourquoi ce désir permanent de tout, d'encore plus, pourquoi ce besoin insatiable de prendre à pleines mains tout et tous, les choses et les êtres. Je serais tentée de répondre parce que j'aime la vie, mais ce n'est pas ça. C'est parce que j'ai peur de mourir. Parce que si je m'arrête, je vais mourir. La vie est un mouvement qui m'attend.

* * *

Mon sauvetage de la veille a fait le tour de l'hôtel, du village, de la planète. En descendant dans le lobby, j'ai été accueillie par des poignées de main, des sourires et des questions de gens qui ont tout su grâce à mon président qui, d'après ce que je comprends, a lui aussi un talent caché de conteur.

Pour bien faire, Claudine a invité André à notre petite randonnée. Mais Léa est très très fatiguée et n'a pas envie de faire la conversation. Léa est triste et s'ennuie déjà de l'Homme. Je vais faire mon plus beau sourire à André : le trou dans ma bouche va certainement le refroidir. C'est un homme après tout et ce n'est pas parce qu'il a quelque chose dans le crâne qu'il a nécessairement quelque chose dans la tête, c'est ça que je me dis.

Eh non !

Il se jette littéralement sur moi, me serre dans ses bras comme si j'étais l'amour de sa vie avec des « j'ai eu tellement peur pour toi, j'étais inquiet, j'appelais régulièrement la réception pour savoir s'ils avaient des nouvelles, quand j'ai su que tu étais rentrée je voulais aller te voir, mais je n'ai pas voulu te déranger non plus, tu devais être exténuée, une dent? Tu es saine et sauve, c'est ça qui est important ».

Voyons, Léa, réveille. Tu as un homme en chair et en os qui te serre contre lui, tu ne vas pas te mettre à préférer tes inventions à la réalité, quand même!

N'empêche. Il restait tant et tant à dire. En fait, il ne s'est rien dit. Du babillage, c'est tout. Je ne sais toujours pas pourquoi cet être évanescent s'est retrouvé à mes côtés, qui il était. Il disparaît justement à l'instant où j'étais enfin prête à l'écouter, moi qui n'écoute jamais personne, qui juge un être en une minute (et qui, c'est ainsi, ai raison neuf fois sur dix). J'étais prête à l'écouter vraiment, l'Homme, que j'ai laissé, j'étais bien obligée, certes, pénétrer ma solitude si chère au fond. Je n'ai eu le temps ni de le découvrir, ni de le comprendre, ni de le juger.

S'il est un mort en sursis, je ne comprends évidemment pas pourquoi j'en ai hérité. Peut-être simplement parce que j'étais capable de le prendre. C'est tout de même un peu malpoli de sa part de sacrer son camp au moment où il commençait à retrouver un semblant de mémoire.

S'il est une création de mon esprit, eh bien je dois constater mon échec dans la tâche de créer un homme, un vrai, ne sachant toujours pas ce que c'est, et de me l'attacher.

C'est peut-être signe que je reprends peu à peu mes esprits. C'est triste.

— Léa, je te présente Ghislain.

Un homme grand, au corps puissant, beau me tend la main, me sourit. Tiens, à lui aussi il manque une dent. Et Claudine trouve ça charmant.

— Vous devez aimer les beignes, vous, lui dis-je.

— Oui ! Comment savez-vous ça ?

— Mon petit doigt. Enchantée.

— Il fait beau soleil et les chiens sont impatients de courir. Alors, j'ai pensé que…

Il nous explique le maniement du traîneau, m'offre d'en conduire un, mais comme a dit l'autre, je tiens à conserver ce qui me reste de dents. Ghislain me conduira, confortablement installée sous une fourrure de loup dans le traîneau, et André et Claudine auront chacun leur attelage.

Au signal, on décolle. Et ce n'est pas une façon de parler ! Le traîneau vole littéralement avec la force incroyable d'entraînement des onze formule 1 sur pattes. On s'enfonce vite dans une forêt, pénétrant ainsi dans la féerie la plus complète.

La tempête d'hier a laissé des mètres de neige sur les épinettes rabougries. Le traîneau glisse dans un sentier invisible pour moi, mais bien connu des chiens. Le soleil et le froid sec qui pénètre dans mes poumons m'étourdissent de bien-être. Bon, les virages sont un peu durs et la suspension inexistante ; il faut surveiller les branches qui risquent de vous défigurer à chaque instant parce que les chiens savent qu'ils passent, mais ne s'occupent pas de vous de ce point de vue-là. Qu'importe ! Je suis entraînée dans le pur bonheur.

Je suis hors du temps. Non ! Au contraire. Je suis en plein dedans. Je file dans cette merveilleuse nature qui m'entoure et m'enveloppe, dans cette neige qui tombe des arbres sur moi, sur ma tête parfois et je ris, les cils lourds de flocons et le cou gelé. Et je pense à tous ces moments qui ne peuvent être partagés, qui nous sont offerts à nous seuls, à toute cette beauté à prendre. À la griserie de la nouveauté, de ce qu'on fait pour la première fois, à toutes ces premières fois que l'on espère encore, à l'ivresse de la découverte et de l'ouverture. C'est pour ces premiers moments qu'on part à la recherche du monde, de l'amour. C'est comme une drogue dont il est impossible de se sevrer. Et on garde en soi le souvenir de toutes ces richesses, ces merveilles, ces battements de cœur. Nous sommes nos souvenirs, c'est tout ce que nous emporterons au jour de mourir.

Ceci dit, j'aimerais quand même que de temps en temps des choses, des événements, des amours durent au-delà du premier instant. Il doit bien y avoir du positif là-dedans ! Peut-être. Un peu. Qui sait ? Pas moi.

On s'est arrêtés à un refuge de chasseur. On a mangé, pris un café au soleil. Au moment de repartir, j'ai lancé :

— Je resterais bien ici, étendue au soleil.

— Tu peux si tu veux, me répond Ghislain. Il faut repasser par ici pour rentrer. Il ne reste même pas une heure de parcours, après on retourne.

C'est tentant. Ça me donne des frissons et des papillons dans l'estomac, l'idée d'être seule au milieu d'un nulle part glacial, à des kilomètres de toute vie humaine.

— Je reste avec toi, dit André.

— Non !

C'est sorti très franc. Je l'ai froissé.

— C'est que j'aimerais être seule, ici, loin.

— Après ce qui t'est arrivé hier…

— Justement. Une heure ici, près d'un refuge, avec vous qui revenez me chercher dans moins d'une heure, c'est rien.

Ghislain sort du refuge.

— Si jamais tu as froid, il y a du papier, du bois, un poêle et des allumettes. Ne t'éloigne pas.

— Non, non, je vous attends ici, assise au soleil.

Je les ai regardés partir et pendant quelques minutes me parvint l'écho des ordres lancés aux chiens. Puis plus rien. Le silence, le vrai, le plus profond qui soit. Le silence blanc, le silence tel que je l'aime, hurlant. Je voulais être seule, penser à l'Homme retourné dans son eau glacée, son espace, ou enfoui quelque part dans un coin inatteignable de mon âme d'où il a peut-être surgi. Prendre une heure pour m'ennuyer tout mon soûl de mon cher cauchemar, avant de faire comme d'habitude, me dire : « O.K. Léa, passons à autre chose. »

— Allo ?

Ça y est ! Un maniaque ! Ou un grizzly qui parle, un coup parti. Je me suis retournée : il est là, l'Homme.

— Fais-moi plus jamais ça ! J'ai failli mourir sur place !

Je suis immensément heureuse de le voir. Trop. Il faudra bien pourtant revenir à la réalité un jour. Cela devient en cette seconde d'une grande évidence. Les choses se déroulent souvent ainsi : on les vit, on se pose mille questions, mais les réponses n'apparaissent que quand elles veulent.

— T'étais où ?

— À l'hôpital.

— T'es malade ?

— Non, dans le coma.

— O.K. On recommence. On va s'asseoir et tu vas me raconter ça calmement.

— Je suis très calme. C'est toi qui es un paquet de nerfs.

Faut être faite forte quand même.

— Donc, tu es dans le coma…

— Écoute, j'étais assis tranquillement dans ton lit pendant que tu prenais ta douche, puis tout d'un coup, hop ! Me voilà transporté aux soins intensifs d'un hôpital. Tu te rends compte ? Je me suis vu allongé, avec des tubes dans le nez, un moniteur, tout. Un moment, je me suis dit que je rêvais, qu'il y avait erreur, ce n'était pas le bon comateux, mais là j'ai vu mon fils, mon Sébastien. Il parlait au médecin. Pas de développement, on ne sait rien, je suis entre la vie et la mort, bref, tel que tu me vois, je ne sais pas ce qui m'attend, si je vais mourir ou revenir.

Seigneur ! J'ai vu mon corps et blablabla. Si l'Homme est une création de mon esprit, franchement, je ne suis pas fière de moi, pas très originale en tout cas, cette histoire de coma. Si c'est vrai, ma foi, l'au-delà copie sur le cinéma.

Frisson. S'il était un homme réel et qu'il revienne ? Il n'aurait aucun souvenir de moi et m'enverrait promener. Et s'il meurt ? Je ne le verrai plus. Dans les deux cas, il disparaîtra de toute façon.

— J'ai vu mon fils tout bouleversé. Ça m'a viré à l'envers. On n'aime pas voir ses enfants avoir de la peine.

La souffrance des enfants est la pire de toutes.

— Le médecin a demandé à Sébastien ce qu'il devait faire, au cas où j'aurais un arrêt cardiaque, s'il devait me réanimer ou pas. J'ai quasiment arrêté de respirer, comprends-tu.

— Et ?

— Je me suis retrouvé ici avec toi, sans avoir entendu la réponse.

Il était peut-être mieux pas…

— Quelqu'un a entrouvert la porte pour faire signe à Sébastien pendant que j'étais là. C'était mon ex-blonde.

— Ah...

— Ça aussi, ça m'a fait un choc, de savoir qu'elle est accourue à mon chevet. Tu sais, elle ne m'a jamais donné signe de vie depuis son départ.

Il fallait bien en venir là, je suppose. Tomber dans le mélo le plus absurde. Je suppose qu'il va me dire que cette scène de la veillée au futur mort lui a ouvert les yeux, fait comprendre que la seule chose importante dans la vie est l'amour, qu'il faut malheureusement passer à un doigt de bébé de la mort pour le réaliser, que s'il revient, il va changer, s'occuper plus de ses enfants qu'il a négligés, de sa blonde qu'il n'a pas comprise, qu'il va trouver la sérénité dans le jardinage et apprendre à être heureux de petits riens. Le discours insupportable habituel des touchés par la mort. En plus, je suppose qu'il va me remercier de l'avoir accompagné dans sa transition ! Avec une tape dans le dos. Comment j'ai dit ? J'étais prête à l'écouter ? Pas sûr, pas sûr... C'est ça, le problème avec moi, je sais toujours d'avance ce que les autres vont dire. Donnez-moi une piqûre quelqu'un ! Que j'arrête de souffrir de lucidité !

Me laisser tomber dans la neige, tiens, arrêter toute cette folie. Arrêter le cours de ma vie, tout quitter, partir avec Luc, un an, ailleurs, abandonner tout derrière. Ici ? Peut-être, j'aime tant la neige. Sur un autre continent ? Oui, loin, renaître, donner un coup de barre, me sauver de moi-même ou me retrouver, c'est pareil, être bien, voyager léger.

Mais non, ne jamais priver Luc de son père. Il ne le laisserait pas partir de toute façon et c'est ce que j'attends de lui. J'ai juste une petite baisse de sucre.

175

Je me laisse tomber dans la neige à peu près pure, si une telle chose est encore possible, appuyée au mur de la cabane, le visage tourné vers le soleil. L'Homme s'installe à côté de moi. Il y a des moments où on voudrait dire des choses importantes, mais elles sonnent cucul et ne sont importantes qu'à cette minute où on les dit. Déjà, dans quelques jours, un événement, une personne, changera un peu les perspectives et on fera un arrangement à l'amiable avec nos valeurs.

— Aujourd'hui, j'ai compris des choses, commence l'Homme.

Sortons les violons.

— Je veux vivre absolument, contrairement à ce que je pensais. J'aime mes enfants au-delà de tout, mais ça je le savais. Et les gens que j'aime pourront toujours compter sur moi.

Silence. Fiou ! Il n'en a pas trop mis.

Est-ce que c'est ça, un homme, tout simplement quelqu'un sur qui on peut compter ? C'est rare, ça. Encore faut-il accorder un tant soit peu sa confiance. Difficile. Et moi, suis-je quelqu'un sur qui on peut compter ? Je crois que oui, enfin souvent, pas toujours. Ce qui ne fait pas de moi un homme pour autant.

— Ce que je n'ai pas pu apprendre, par contre, c'est comment je m'appelle. Et je ne sais toujours pas ce que je fais pour gagner ma vie.

— La gagnes-tu, seulement ?

— Ça, j'en suis certain. Et on m'attend, je le sens.

— Et ta psy, elle t'attend peut-être.

Tant qu'à faire, aussi bien souffrir tout de suite.

— Oh non ! Cette histoire-là m'a fait trop de peine ! Je commence juste à m'en remettre et à penser que les femmes ne sont peut-être pas toutes comme elle. J'ai bien dit peut-être. J'ai envie de vérifier.

— Ce sont tes hormones qui te travaillent, c'est tout. Mais tu sais, des femmes qui ont de l'allure, je pourrais t'en présenter plusieurs ! J'en connais plein. Ce dont moi je ne suis pas certaine, c'est que les hommes aiment les femmes qui ont de l'allure.

— Même chose pour les femmes !

— Hum. En tout cas, des femmes seules, il y en a des tas. Des hommes qui sont seuls, c'est qu'ils ont des paquets de problèmes, il faut s'en méfier.

— Tu veux dire que tu me rencontrerais, dans la vie, que tu ne me donnerais pas de chance parce que je suis seul ? T'es pas partie pour te marier cette année, toi !

— Maintenant que je te connais un peu, je ne sais pas, peut-être, mais de quoi on parle ? T'es pratiquement mort !

— Pas encore.

Chapitre dix

La distance pôle Nord-pôle Sud n'est rien comparée à celle qu'on parcourt de soi à soi-même

Le prix du public ! J'ai reçu le prix du public ! C'est le tout premier prix de ma vie ! Le plus beau, le plus extraordinaire, enfin, celui qu'on reçoit. Je déménage ici ! Avec mon fils, mon ex, sa blonde, son ex, ses enfants, la nouvelle de son ex. Je les aime tous, jusqu'à demain. Je suis reconnue, je suis un écrivain, je ne suis plus seulement une machine à mots mais une femme qui parle ! Et pas de fausse humilité : je le mérite. Je les mérite tous, jusqu'au Nobel, de physique en plus ! On peut bien se le dire quand on sait que ça n'arrivera jamais, on peut se raconter tant d'histoires !

Ils sont tous là à m'applaudir, un verre à vin en plastique dans la main, car c'est soir de clôture. Je dois dire quelque chose, mais quoi ?

— Quand on ne reçoit pas de prix, on se demande : « Pourquoi pas moi ? » Quand on en reçoit un, on se demande : « Pourquoi moi ? »

Mon président aux mèches rayonne, va du maire à la cousine du député, des bénévoles aux écrivains. Son Salon a eu un record d'affluence. Il ne saura jamais à quel point j'ai trouvé mon séjour passionnant !

Claudine, Ghislain et André, pas tout à fait dégelés de leur randonnée, m'applaudissent encore plus fort, c'en est presque gênant. Comme prévu, ils m'ont rejointe et m'ont ramenée saine et sauve, sans anicroche, sans catastrophe, ce qui fut pour le moins surprenant. Même que ladite Johanne dentiste m'avait laissé le message qu'elle m'attendait. Elle m'a patenté une sorte de dent qui va tenir une couple de jours, jusqu'à ce que j'aille chez mon dentiste.

L'Homme est à côté de moi, il me sourit, me félicite et je vois bien que son enthousiasme est sincère. Mais il est sombre, l'Homme, il a maintenant peur de mourir, ça peut arriver n'importe quand, à cette minute, il a peur de partir à tout jamais à la dérive.

Remerciements, joie, chaleur de tous ces gens si gentils, si généreux. Les gens qui possèdent une âme la partagent toujours. Les autres n'ont qu'un cœur qui pompe à vide. J'embrasse tout le monde, moi qui déteste les contacts physiques, je suis gentille, généreuse, comme eux, ils déteignent sur moi ou bien font sortir de quelque part au fond ce que je suis aussi.

L'Homme partira. Je ne peux encore croire qu'il soit réel, mais enfin, peut-être que si. Si c'était le cas, cela me rassurerait sur ma santé mentale. Quoique je n'aie jamais eu autant le sentiment de ne pas être folle, juste incroyablement vivante.

Je le regarde et je me dis qu'un homme, pour moi, c'est un sapristi de beau déplacement d'air.

— Eh ! Il paraît que vous vous êtes perdue dans la tempête, hier soir ?

Voilà Paulo qui s'approche.

— Je suis venu, finalement. Ça ferme dans une heure, c'est ça ? Dites donc, où est-ce que vous vous étiez réfugiée ? Le président m'a dit que c'était dans mon ancien garage. Sauf qu'il est barré. Vous êtes entrée comment ?

— Je ne suis pas allée dans votre garage, mais dans un igloo hanté qui est apparu comme ça pour me sauver ! lui dis-je avec un clin d'œil et un sourire.

— Oh ! Vous avez trouvé une dent ! Écoutez, elle est bonne, cette histoire-là d'igloo, mais pas de farces, là…

— Je vous le dis, dans un igloo hanté.

Il éclate de rire :

— J'adore les femmes qui me niaisent !

J'aurai tout entendu.

— Si jamais vous revenez dans le coin, je vous invite pour un beigne !

On veut toujours retourner aux endroits où on a vécu quelque chose d'extraordinaire. Mais doit-on le faire ? Ou simplement garder un souvenir ? Est-ce possible de revivre, de reproduire ce qui nous a emporté ? On risque d'être déçu. Peut-être pas aussi. Je suis aujourd'hui consciente, bien sûr, que les choses sont différentes des rêves. Je sais bien qu'elles peuvent être encore plus belles.

Questions, questions, questions… Important de se les poser, peut-être pas d'y répondre.

Il y a un souper organisé pour tout le monde. J'adore ces rencontres autour d'une table et d'un — ou deux, ou trois, ou jusqu'à ne plus compter — bon vin. Pourtant, c'est avec l'Homme que j'aimerais passer la soirée, parce qu'il peut, parce qu'il disparaîtra. Qu'est-ce que je disais à Claudine l'autre jour ? Ah oui ! « Le moment où un homme aime le plus une femme, c'est quand il sent qu'il va la perdre. » Pas plus fine, Léa.

André a commencé à parler de se voir au retour en ville. Il m'a laissé savoir qu'il était seul, et je sens que je vais comprendre pourquoi en lisant son livre. Et si je mettais ma méfiance naturelle de côté ? Il n'a peut-être aucune maladie ou perversion inavouable, il peut se trouver seul momentanément et voilà une chance pour moi de rencontrer un homme qui, de prime abord, m'attire. Arrête de penser que cela t'engage pour toujours, tu n'as plus l'âge de vouloir fonder une famille quand même ! Ne lui demande pas d'être l'homme de ta vie. Juste un homme, cela peut être agréable à découvrir.

Répète-toi cela devant le miroir chaque matin, « cela peut être agréable à découvrir », tu vas finir par t'en convaincre. L'intention est là, en tout cas.

Claudine est toute vibrante de son coup de foudre. Elle rentre tout de même avec moi, demain, comme promis. Ce sera bien pour elle, cet amour à distance, enfin au début, cela lui donnera l'occasion de voyager, ce qu'elle aime tant, de faire des allers-retours vers son amour jusqu'à ce que ça passe ou ça casse. Qu'est-ce que j'en sais ? L'attente, la distance, les aéroports, voilà tous les ingrédients pour une passion pleine d'imprévus et tout sauf routinière. Et puis, l'amour se vit souvent plus intensément dans le manque. On le vit tout seul, mais le pouvoir d'imagination est si grand !

— C'est quoi un homme, Claudine ? lui ai-je demandé à elle aussi.

— C'est celui qui m'aime.

Elle pourrait me surprendre et s'installer ici. Elle n'a

pas de racines, Claudine, qui sait si elle ne les fera pas dans la glace ? Elle est en train de tomber en amour avec un homme heureux. En ai-je déjà côtoyé un ? Il a l'air bien, Ghislain. Ils ont tous l'air bien, du moment qu'ils ne sont pas avec moi.

Le dîner fut gai, avec mon ombre triste triste qui me faisait de la peine, que j'aurais aimé consoler. J'ai croisé les doigts pour qu'il ne disparaisse pas encore. Je me suis entendue avec André, un peu déçu, pour qu'on se voie au retour, et j'ai prétexté tant de fatigue et suis rentrée seule dans ma chambre. C'est toujours bon, faire attendre un homme ; le problème c'est que d'habitude, c'est moi qui ne peux attendre !

— Eh, l'Homme, viens te coller près de moi que je te réchauffe un peu.

Ce n'est pas évident de trouver les bons mots. Après tout, il a parfaitement le droit de déprimer, sachant qu'à tout moment un être charitable et ignorant de tout peut décider de lui couper son oxygène ! Quelle part de décision a-t-il là-dedans ?

Et quelle est ma part à moi ? Je peux décider que j'en ai assez de cette histoire, comme lorsque j'écris un livre, que cette entité que j'aurais créée pour m'amuser, m'accompagner, me libérer quelques heures de ma solitude arrive à la fin de son utilité.

— Léa, sauve-moi !

— Mais je ne peux rien pour toi ! Je ne peux sauver personne. Je ne peux sauver un homme ni de la mort qui le guette, ni d'une autre femme, ni de l'ennui. De rien.

— Si tu me demandais de te sauver, j'essaierais.

— Je ne le demande surtout pas ! Me sauver de quoi, d'ailleurs ?

— Les femmes demandent souvent aux hommes de les sauver de leur vie, de leur passé, de leur tristesse, de leur pauvreté, de leur solitude.

— Je n'ai pas besoin d'un sauveur, ni d'un prince qui m'offrirait un château doré, j'ai juste besoin qu'on m'emmène au restaurant une fois de temps en temps. Je n'ai pas besoin d'un coloc non plus, juste d'un peu de chaleur de l'autre sexe.

— Si j'étais vivant, je t'inviterais au restaurant toutes les semaines.

— Il faudrait que tu en aies les moyens !

— Il me semble pourtant que je les ai.

— Ça me changerait.

— Pardon ?

— Rien.

— Dis-moi pourquoi on se rencontre comme ça, dans l'impossible ?

— Peut-être parce que, pour toi et pour moi, c'est là que se situe l'amour ?

— Tu es belle, Léa.

Oups ! Ma foi du bon dieu il veut m'embrasser, lui ! Pense vite.

— Attention, je pourrais te changer en grenouille polaire !

Ça n'a pas l'air de le déranger le moins du monde, l'idée de devenir batracien à fourrure. C'est vrai que c'est mieux que mort. Qu'est-ce que je fais ? Bof ! Puisque tout ça n'est peut-être qu'imagination et folie de mon esprit désespérément en manque d'amour, pourquoi ne pas l'embrasser ? Je me demande si je sentirai quelque chose…

Oh oui ! Je sens quelque chose.

Il m'embrasse avec ses lèvres épaisses, la mollesse

de la passion, la tension de la faim. Ses doigts glissent sur mes lèvres qui enflent de désir. Il se penche et me mord le cou doucement sachant déjà que j'aime cela, et alors je fonds. Il me déshabille, embrasse mon corps, agrippe mes hanches. Ses doigts me frôlent, me caressent et mon désir monte encore, sa bouche cherche et trouve mon plaisir. Puis, doucement mais avec détermination, il ouvre mes jambes avec les siennes. Ce que j'aime c'est quand nos bouches se pressent l'une contre l'autre alors qu'il est en moi, que ses mains empoignent les miennes, que la fusion est complète et que nos deux êtres remplis de l'amour l'un de l'autre brûlent enfin ensemble au cœur de ce feu qu'est somme toute la vie.

Et puis, alors qu'il est sur moi, je le regarde dans les yeux, j'y lis l'amour et le plaisir, et je m'ouvre encore plus et je le regarde sans fin.

Ce que j'aime, quand je suis au-dessus de lui, c'est de le voir absorbé, oubliant que je le regarde lui, qui a le regard perdu et le visage qui a vingt ans de moins.

Et après, c'est la plénitude de l'avoir en moi, de perdre la conscience de ce qui m'entoure, de voir disparaître les murs, le plafond, les meubles pour ne garder devant moi que l'image de lui, de l'Homme, de l'homme que j'aime et qui laisse alors mon cœur en miettes de verre, en poussières d'étoile et éclats d'amour, pour un moment, pour un moment seulement, car bientôt il reprendra sa forme pleine en attente de fondre à nouveau dans les bras de cet homme-là.

Puis l'Homme disparaît, comme dans mes rêves.

Mais cette fois-ci, il n'a pas cherché à me tuer.

Chapitre onze

Retour à la réalité. Bête et brutale ?

— C'est comme à la garderie du coin ! Pas plus tard qu'hier, il y a un petit gars de quatre ans qui a mordu un plus petit au sang ! Des marques de dents sur le dessus de la tête ! Ça commence de plus en plus jeune, la délinquance ! Moi, si j'étais la mère, je poursuivrais les parents de l'agresseur au criminel ! Encore un peu de café ?

— Oui, merci.

La serveuse réchauffe mon café tiède.

— Excuse-moi, ça m'a pris beaucoup de temps, mais la circulation sur les ponts, tu sais ce que c'est.

Claudine vient d'arriver et s'installe au comptoir à côté de moi.

— J'ai fait le plus vite que j'ai pu, tu es fine d'avoir attendu. Ce n'est pas de ta faute si le distributeur n'a pas fait sa job et qu'il n'a pas envoyé les livres au Salon, mais enfin, tu ne pouvais pas te rendre là sans livres à vendre. J'en ai deux caisses dans l'auto.

— Tu es optimiste.

— Tu as fait quoi en m'attendant ?

— Rien.

— Impossible ! Tu as dû commencer à écrire ton prochain livre.

— Je te l'ai dit, je n'écris plus.

— Tut ! Tu ne pourras jamais t'en empêcher !

— Je te le jure, je pense sérieusement à accepter l'offre du producteur.

— Ce sera une perte pour la littérature.

— Ça, c'est toi qui le dis. J'aime autant pas demander l'opinion générale…

Doute, insécurité, paranoïa, crises de nerfs, bel être humain que je fais. Pourquoi penses-tu que tu es seule ? La vie avec toi, Léa, est un enfer, pas plus compliqué que ça.

Regarde devant toi, il fait soleil, la rivière brille, la…

— Qu'est-ce que tu as ?

J'entends à peine la question de Claudine. Je me suis précipitée dehors avant que ça arrive. Je cours, je cours, je descends la rue qui mène au pont de glace à toute vitesse. Je m'engage dessus en essayant de ne pas glisser ni tomber, en faisant de grands gestes à la voiture qui est de l'autre côté. J'ha-is ça quand ce que j'imagine se produit, mais cette fois, c'est pour son bien à lui !

Je tente de lui faire comprendre de s'arrêter. Il s'arrête. C'est peut-être une femme qui est au volant. Pourtant, la voiture est la même. Pas exactement de la même couleur ni de la même sorte, mais enfin presque la même. La portière s'ouvre. Un homme sort.

Comment vais-je lui expliquer ce qui se passe ? « Bonjour, monsieur, c'est parce que je viens d'imaginer dans ma tête que la voiture plonge dans la rivière et j'ai peur que ça vous arrive. » Je vais me faire traiter de folle finie.

Il avance vers moi, j'avance vers lui. Je fige d'un coup, il se retourne. Et voit sa voiture qui glisse lentement mais sûrement vers la limite du pont et, dans un crac presque imperceptible, se met à couler quasiment au ralenti.

Je commence à avoir sérieusement peur pour moi, qui suis en plein milieu. Je regarde derrière moi et je vois Claudine et la serveuse qui me font signe de revenir.

L'homme n'a d'autre choix que de me rejoindre et de déguerpir avec moi.

— Vous m'avez sauvé la vie, madame !

— Finalement...

— Pardon ?

— On est mieux de se dépêcher.

Mon cœur bat à tout rompre. C'est lui, c'est l'Homme. Sauf qu'au lieu d'une odeur d'algue au dégel émane de lui quelque chose qui rappelle l'animal. Pas l'homme, mais le chien, le chat, la vache, l'étable quoi. Un fermier ?

On marche le plus rapidement qu'on peut. Une couche d'eau très mince rend la course impossible. On voit la police, les pompiers qui s'amènent au loin. Et c'est là que j'ai glissé. Et que j'ai fait la planche dans les airs. S'il ne m'avait pas rattrapée, j'en étais quitte pour une fracture du crâne, rien de moins, et peut-être la paralysie à vie ! Pire : j'aurais pu perdre ma couronne pour vrai !

Nous arrivons sains et saufs de l'autre côté.

— Merci, vous m'avez sauvée aussi ! On est quittes !

La serveuse se précipite :

— André ! Eh, bâtard ! T'as failli mourir là ! Ton chien était pas dans l'auto, toujours ?

— Non, il est à l'hôpital, répond ledit… André !

— Il est malade ? je demande.

C'est la serveuse qui répond :

— Non, André, c'est notre vétérinaire.

Déclaration ici, déclaration là, on installe des barrières pour bloquer l'accès au pont de glace. Claudine me prend à part :

— Comment t'as fait ça ? Comment t'as su ?

— Oui, comment avez-vous su ?

Voilà que mon sauveteur sauvé s'est approché.

— Hum. Appelons ça une sorte de prémonition. Ou parfois nos sens comprennent avant notre raison ce qui risque d'arriver et on croit à tort qu'on a eu une vision.

Explication hautement insatisfaisante pour tout le monde mais que puis-je dire ? Que j'ai tout provoqué peut-être ? Non, pour ma propre santé mentale, je ne veux pas envisager cette possibilité. Si tout ce que j'ai imaginé dans ma vie s'était matérialisé, la face du monde entier ne serait pas la même !

— Qu'est-ce que je pourrais faire pour vous remercier ? me demande le vétérinaire rescapé.

— Rien, ça m'a fait plaisir.

— Laissez-moi au moins vous offrir un café.

— Non, merci, j'en ai déjà assez bu aujourd'hui. Et puis je suis pressée, j'ai beaucoup de route à faire.

Je lui tends la main :

— Au revoir.

Je retourne vers le casse-croûte. Non, non et non. Je sais ce qui va arriver : je vais prendre un café, blablabla, je vais le trouver à mon goût, il l'est déjà, et je vais m'imaginer plein d'affaires. Fini, ces niaiseries-là !

Il me rattrape :

— À votre retour, alors ! Je vous invite à souper, c'est la moindre des choses.

Souper ? C'est encore pire !

— Écoutez, c'est gentil, mais je n'ai pas vraiment de temps libre, avec mon travail et seule avec mon fils...

Léa ! Pourquoi lui fais-tu savoir que tu es seule ? Oublie ça ! Pense aux ruptures ! J'ha-is ça quand un homme qui me plaît insiste. Va-t'en, cours le plus vite que tu peux dans la direction opposée. Prends sa carte et perds-la, ne le rappelle jamais, c'est simple.

Voilà, c'est réglé, tu l'as échappé belle. Ramasse tes affaires en vitesse, sors tes clés de ton sac, la route t'attend. Laisse tomber sa carte dans le fossé, pour être sûre. Bon, c'est fait.

Une fois la main sur la poignée de la portière de mon auto, je me suis dit : « Maudite niaiseuse ! »

Je rejoins l'Homme dans le casse-croûte. J'ai l'air d'une vraie folle :

— Êtes-vous marié ? En couple ?

Ça le fait rire. Bon point pour lui.

— Non. Je suis seul.

— Voulez-vous m'épouser ?

— Tout de suite.

Il me déstabilise :

— C'était une blague...

— Moi aussi.

Il a un sourire charmant. Et de jolies fossettes. Comment ça se fait qu'il soit tout seul ? Il doit y avoir quelque chose... Léa ! Arrête !

— Je vous appelle dès mon retour de Lointainville.

— Avec grand plaisir.

Il semble maître de lui. Mais je vois bien le léger tremblement de ses mains. Il a failli mourir, c'est pas rien.

Moi aussi, j'essaye de dissimuler un léger tremblement. Une grosse fatigue peut-être ? À moins que ce
soit ce tremblement qui vient directement de mon cœur.
Que je vais suivre. Comme toujours. Plonger, avancer,
m'étourdir dans ce qui restera toujours, ce qu'il y a devant moi et que je ne connais pas.

Je ne peux pas m'empêcher.

Bloopers littéraires

ou

Les protestations et
les commentaires principaux
des personnages en cours d'écriture

ENTRÉE DE LÉA

Léa : Léa ? Il me semble que ça fait vieux comme nom. Pourquoi pas Mireille ?

L'auteure : Moi, j'aime ça. C'est le nom de ma grand-mère. Et ça revient à la mode.

Léa : C'est toi qui décides, je vais m'y habituer. Mais j'aurais quand même aimé mieux Mireille.

ENTRÉE DE MARCEL

Marcel : Pourquoi est-ce que tu répètes toujours le fait que je suis le président aux mèches ?

L'auteure : Parce que tu n'apparais pas souvent.

Marcel : Je croyais que j'étais un personnage principal…

L'auteure : Tu es déçu ?

Marcel : Oui, tant qu'à me créer…

Entrée d'André

André : Comment ça, on ne couche pas ensemble dès le premier soir ? Franchement, je trouve que ça manque de sexe, ton histoire.

L'auteure : J'en ai mis un peu…

André : Pas assez ! Vas-y ! Fonce ! Arrête d'être pudique ! Romantique ! Si j'étais toi, je ferais en sorte que Léa et moi on ait des rendez-vous chauds au lieu des rendez-vous ratés. Un peu de porno, me semble que…

L'auteure : Merci, je vais y penser.

Entrée de l'Ex

L'Ex : Moi, ça me fait rien, mais en écrivant seulement des choses pas fines sur moi, ça rejaillit sur toi. On a vécu ensemble.

L'auteure : C'est vrai.

L'Ex : Qu'est-ce que Suzie va penser de moi quand elle va lire ton histoire ?

L'auteure : Je ne change rien !

Entrée de Claudine

Claudine : J'ai le gros lot ! Je suis belle, heureuse, amoureuse. Pour une fois que ça marcherait entre un homme et une femme, dans tes livres.

L'auteure : Ça m'a pris beaucoup d'efforts.

Claudine : Je suis libre, je m'adore. Mais, dis-moi, est-ce bien nécessaire de dire que je me suis fait refaire le nez ?

L'auteure : Je ne pouvais pas supporter l'idée que tu sois parfaite.

Claudine : Ça ne fait pas réaliste ?

L'auteure : Non, ça me rendait jalouse.

ENTRÉE DE PAULO ET DE LA CAISSIÈRE

Paulo : Moi, j'aimerais vraiment raconter l'histoire du traîneau fantôme.

La caissière : Tu ne sais même pas ce que ça raconte.

Paulo : Pis ? Elle va l'inventer, elle, c'est sa job.

L'auteure : J'aime mieux l'igloo hanté.

La caissière : Tu vois, elle aussi !

Paulo : C'est d'valeur. Moi, les chiens pas de tête, ça me plaisait. Dans un autre liv'e ?

L'auteure : Qui sait ?

ENTRÉE DE LA SERVEUSE

La serveuse : Tu n'as pas écrit le quart de ma pensée ! Veux-tu que je te donne mon opinion sur les étrangers ?

L'auteure : Non.

ENTRÉE DE LUC

Luc : Est-ce que ton fils me ressemble ?

L'auteure : Oui.

Luc : Tu as de la chance.

L'auteure : Oui.

ENTRÉE DE L'HOMME

L'Homme : Sylvie, en bout de ligne, je sais si peu de moi-même.

Sylvie : C'est à Léa et toi de le découvrir ensemble, puisqu'elle le veut bien. À la fin, elle s'ouvre.

L'Homme : Et toi, tu veux ?

Sylvie : Oh, moi…

Greenfield Park, mille neuf cent tranquille
Paris, deux mille et quelque.

Table des matières

Format de poche

Chrystine Brouillet
Le Collectionneur
C'est pour mieux t'aimer,
mon enfant
Les fiancées de l'enfer
Soins intensifs

Marie-Danielle Croteau
Le grand détour

Anne Legault
Détail de la mort

Judith Messier
Dernier souffle à Boston

André Noël
Le seigneur des rutabagas

Raymond Plante
Projections privées

Jacques Savoie
Le cirque bleu

Livre pratique

Yves Bernard et
Nathalie Fredette
Guide des musiques du monde.
Une sélection de 100 CD